爱情厨男

吕玫◎著

世纪文睿
Century Literature

世纪出版集团 上海人民出版社

上海世纪文睿文化传播公司 出品

和你爱的人一起吃饭

上海的饭店真是多啊，而且，到了餐期，有名的店门前总是挤满了排队的人，大部分的人都是跟同事、朋友出来吃饭。一有空就会回家和家人一起吃饭的人，是你吗？

我记得我小的时候，生活水准没有现在这么高，物质供应也没有现在这么丰富，我的父母也没有现在的年轻父母这么忙，所以，每天父母都会做好饭等我一起吃饭，到现在我还是会记得那时候的那种温暖。

小时候家里的饭，总是那么好吃，妈妈的手艺让我牵挂到现在。如今，我和我的太太再忙也会抽时间和孩子一起吃饭，每天陪孩子一起吃饭的时间，是我们家最幸福最温馨的时候。我们会一起为孩子准备饭菜，饭后一起收拾。忙碌的一天，因为这一顿温馨幸福的晚饭而变得充实和快乐。

现在的年轻人的确很忙，小时候忙着学习，长大了忙着工作，成家立业为人父母之后，生活的压力变得越来越重，于是加班应酬接踵而至，很多的年轻人将自己的孩子托付给老人照料，回家吃饭的机会变得十分奢侈。

但，细想想，是不是每一顿饭每一次应酬都是必需的呢？难道我们真的忙到和家人吃顿饭的时间都没有吗？有些人即使和父母孩子坐在一起吃饭，也在不时看着手机，短信微信不断。也许，我们觉得，和家人吃饭随时都可以，所以总是把与家人吃饭排在最后一位吧。

是，和父母吃饭，不会吃出一张订单；和孩子吃饭，也得不到升迁的机会。可是如果没有你的家人，生意和事业算什么呢？

我觉得，一个妈妈，如果能做出孩子爱吃的饭菜，就是成功女性；一个成年人，能知道自己的父母喜欢吃什么，并且常常和他们一起分享这些食物，就是成功人士；一个家庭，家人能聚在一起分享一顿晚餐，其乐融融，这个家庭就是最温暖的家。

我喜欢今年的这个故事——《爱情厨男》，为你爱的人做饭，和你爱的人一起吃饭。说起来很简单，要做一辈子，需要毅力、耐心和足够的爱。

这一次吕玫小姐的小说和歌手张志林的音乐专辑《爱情厨男》以及我们一茶一坐行政总厨合作，推出了系列音乐美食爱情微电影《爱情厨男》，担任剧集女主角的是我们茶恋系列的老朋友陈彦妃，当年在《茶之恋》的时候，她还是青涩的小女孩，如今已出落得漂亮大方。一晃数年，我们都在自己向往的路上继续前行，这也是一种幸福。

人生说长不长说短不短，只要活着，我们就需要吃饭，吃好每一顿饭，生活就变得幸福了，您觉得呢？

祝您幸福！

一茶一坐 陈定宗

CHAPTER 01

布丁：求婚的神器

　　完美的布丁，牛奶和鸡蛋的比例是5∶1，加入甜美的糖，烤制后，变成一份口感绵密的布丁。这就好像男人和女人的结合，只要有了爱情，在条件合适的情况下，就会变成一段完美的婚姻。但那种有质感的口感，却有一个秘密来源于温度，温度低了，根本无从谈起；温度高了，太过激情，表皮变得黑黑的，好像冲动之后的无法收场。只有合适的温度，才能成就一份布丁的爽滑和优美，爱情蜕变成婚姻，也需要这样的契机。

33，乱刀斩。

顾长笙面对着案板上的这块肉，挥起了手里的刀。

所谓的案板，是她的工作台，平时用来勾勒珠宝的设计图。

所谓的刀，是一把水果刀。

于是案板上的肉和挥刀的人，谁能制服谁，变成了未知数。

好吧，反正命运刻画一个人，也不会用同样的手法。

顾长笙用刀在那块肉上不痛不痒地刺了一下，被刀陷进肉里的那种手感给腻歪了。油油腻腻的感觉，一下子刺进了她的心里。

她也不是没有做过饭。

拌点蔬菜色拉，面包上涂点果酱，或者煮点意面拌个面酱混一餐，但处理生肉却是完全新鲜的经历，那种感觉果然让她吃不消。

她吞了一下口水，把心里那种翻江倒海的感觉压制下去，然后去抽屉里找来一副白手套戴在手上，继续"作法"。

今天是她33岁的生日，助理晓微说一定要买一块肉回来斩上三十三刀，不然的话——33岁，你等着走路跌倒坐车撞到甚至吃饭咬到自己的舌头吧。

虽然长笙不太相信这个，但她知道命运的杀伤力是无法预计的，所以昨晚路过超市看见冷藏柜里剩下的这最后一块肉时，她立刻决定带它回家。

它在等着我。

顾长笙这样想着，而一旦她的心里有了这样的念头，就无法越过。

所以她买了肉，又在超市买了一把水果刀，在生日的清晨，开始为自己消灾解难。

同样的清晨，常霖刚从录音棚出来，又是一个不眠的夜晚。昨晚来录音的是一位生完孩子之后复出的女歌手，一向骨感且颐指气使的女人，生完孩子之后变得珠圆玉润，连带脾气也温柔许多。

常霖就怕遇上别人有商有量地说："常霖老师，您觉得这一遍怎么样？"

这么问，明显就是还不满意，那就再来一遍吧，录完了，修，修好了再听，还觉得不满意，那就再来一遍吧。

不知不觉，一个通宵就这么熬了过来。

但，当歌手终于心满意足地离开，常霖也真心觉得愉快。

十年，把自己喜欢的事情变成工作，而这份工作很多时候还能让自己喜欢，常霖已经很满足。

他的录音棚在上海的老石库门房子里，院子里有一棵树，这棵树陪着他已经十年了，对于一棵已经不年轻的树来说，十年好像不算什么，但常霖却已从22岁的应届毕业生成长为32岁的音乐制作人。

常霖抬头看看树冠，不知不觉春天已经来了，连最晚发芽的梧桐树也已经长出了手掌一样的嫩叶来了。

常霖最喜欢这个季节，所有的东西都在卖力地生长。

幼嫩的梧桐树芽不知怎的让他想起昨晚那个妈妈级的女歌手给他看自己儿子照片时的表情，那样一个目中无人的女人，难得的一脸温柔，也许，那句老话是对的——女人只有生过孩子以后才算完整。

常霖忽然想到——顾长笙也是一个会生孩子的女人，想到长笙大着肚子步履蹒跚的样子，常霖忍不住笑了起来。

这太有趣了，做了妈妈的顾长笙会变成什么样子呢？

常霖简直迫不及待想看到那幅场景了。

于是，向顾长笙求婚的念头也在常霖的心里迅速成长起来。

从什么时候开始常霖喜欢在齐袂的工作室厮混的，已经无从溯源了。

因为给电视台一档美食节目做配乐而相识后，每次看齐袂做菜，都让常霖有一种酣畅淋漓的感觉。

齐袂的家就是齐袂的工作室，一百多平米的房子被他打通，留下小小一间卧室，隔出更小一点的卫生间之后，剩下来的面积变成了一个硕大的厨房，齐袂从一处清朝的老房子里找到两块门板请人嵌上玻璃变成餐桌，这张餐桌比他的床还要大。

齐袂喜欢把自己做好的菜认真地摆放在餐桌上，然后从各个角度欣赏。

今天他没法搞创意，因为常霖缠着他要跟他学做布丁。

"今天是我女朋友生日，她不喜欢蛋糕，所以我想亲手为她做一个布丁。"

常霖一边说着一边自说自话地围上了围裙，并且从齐袂的冰箱里找出了牛奶和鸡蛋放在了料理台上。

齐袂是个不多话的人，见常霖手忙脚乱地把食材摊了一桌子，他麻利地拿出了打蛋器和不锈钢碗递给常霖。

常霖打着鸡蛋，有节奏的声音让他很难集中注意力，于是他的大脑切换到了另一个频道，开始进行求婚的狂想。

——常霖和长笙拿着枪穿着礼服对决，常霖从口袋掏出钻戒，向长笙求婚，长笙一枪打中常霖的头。求婚失败！

常霖无比郁闷地想去摸自己的头，却发现手里的蛋液倒了一桌子，齐袂连忙过来帮他收拾。

"你配布丁液吧，牛奶和鸡蛋5比1，千万不要错了，这是布丁的基础。"只有讲到做菜，齐袂的话才会多一点。

常霖轻松地做了个"ok"的手势。

常霖往器皿里倒牛奶，又开始狂想。

——常霖穿着民国时的衣服哭着拉着长笙的手："我奶奶快不行了，

她真的很喜欢你，我们结个婚冲冲喜，我愿意用我的一辈子报答你的大恩大德。"

顾长笙冷静地说："冲喜啊，我的丫头借给你用吧！"

长笙把民国新娘打扮的男生头黑框眼镜助理塞给常霖。求婚失败！

这一次齐袂架住常霖的手，牛奶倒多了。

常霖手忙脚乱地收拾残局。

齐袂摇摇头，这个家伙，吃得很专业，做菜却是绝对不专心，他说来学做布丁，估计也就是一时兴起吧。

齐袂指了指烤箱，对常霖说："你看着烤箱吧。"

常霖莫名其妙地说："看着烤箱？这是全自动的，要我怎么看着？"

齐袂指了指烤箱控制面板："我在烤蛋糕，等蛋糕烤好，你一定要等到温度合适了才能把我调好的布丁液放进去，温度高会烤成蜂窝，温度低就无法成形。"

常霖点点头："我懂啦。"

齐袂却摇了摇头，说："别小看布丁。"常霖看着烤箱又开始狂想。

——常霖捧着大把的玫瑰走到长笙身边，手一挥，粉色的氢气球吊着一只锦盒飘过来。常霖单膝跪地正打算向长笙求婚，长笙却完全无视，一边接着电话一边走开了。求婚失败！

一心想着求婚方案的常霖完全忘了齐袂交给他的任务，坐在那边唉声叹气，齐袂笑了笑，把一只布丁放在常霖手边。

常霖一边吃一边垂头丧气地说："完全不行啊。"

齐袂很震惊地走过来："不行？"

齐袂拿起布丁品味起来："很好啊，口感绵密，形状也完美。"

常霖这才清醒过来，叹气说："我说的不是布丁，是求婚啊！"

齐袂舒了口气，拍了拍常霖，说："只要她爱你，你随便用什么方法跟她求婚，她都会愿意嫁给你的。"

常霖摇摇头："不不不，你没见过顾长笙，她不是正常人，有的时候我觉得她很爱我，但有的时候我觉得我根本连她是谁都不知道。"

齐袂笑笑："女人不都是这样吗？"

常霖又吃了一口布丁，忽然笑了："但我想，我现在找到了新的作战方案！"

自从早上跟那块肉厮杀了三十三刀之后，长笙就失去了吃饭的胃口，当她最后把那一堆大大小小有的是丝有的是块的碎肉装袋丢进垃圾桶的时候，她觉得自己已经把一辈子爱吃肉的心都磨折了。

没有烧熟的肉和煮好了的肉完全是两种质感，生肉特别的缠绵柔润，裹住刀锋的时候，让你无法一下子割断它，而煮熟的肉则显得干净利落，爽快得很。

而且生肉传达出的气息和信息特别有生命力，能让人产生无尽的联想。

切割之后，长笙用手工精油香皂细细地洗了手，又拿起一直珍藏没舍得用掉的那块老祖母绿放在手心端详了半天，让宝石里的绿意深深沁进自己的心里去，但，一丝丝的，那种生肉的缠绵的腻歪，还是会冒出来，让她不舒服。

这一辈子，我都做不了饭了，起码，不能煮肉。

这样会不会太矫情？

顾长笙笑了笑，又觉得自己的担心是多余的，因为她虽然不是个不婚主义者，但似乎，她的爱情总是和婚姻无缘，想这些不着边际的事情有点多余了。

如果这时有人透过窗户看见顾长笙，一定会觉得眼前的景象十分养眼，一身白麻衣裤的她，身材高挑，精心挑染的短发打理得一丝不苟，坐在硕大的工作台前，手上拿着画笔在勾勒一块吊坠的外形。

但，如此具有艺术性的瞬间里，这位主角的心里想着的却是如何在下半辈子摆脱这种切生肉的感觉。

其实，生活就是这样拉杂，每个人都会为生活里的小细节烦恼，甚至会因为这些弱小的细节而忽略十分强大的生活本身。

今天，是顾长笙33岁的生日，可是这一天纠缠她的却是这种说不清道不明的对现实生活的厌恶感。

常霖自然不知道顾长笙此刻的心情，所以他还是兴高采烈地发来短信，约她在一茶一坐金桥店碰头，为她庆祝生日。

当顾长笙来到店门口的时候，她被店员带到户外的座位。

四月底的天气，蔷薇怒放着，空气中淡淡的草叶香。

这样的季节，出去旅行或是散步，最为适宜，不过长笙没有这样的闲情逸致。她像一个农民一样，固执地执行着一年之计在于春的古老法则，每年的春天她都会为自己安排好全年的工作，甚至计算自己一年里预计会达到的收入，似乎只有这样，她才能心安理得地活着。

坐在店员指定的座位上，长笙并没有看见常霖，她倒不计较，上海交通这么差，见面的时候早早晚晚是常有的事情，她从不会为这点小事和常霖闹别扭。

何必呢，除非你打算和他分手，不然的话如果把每次见面的时间都花在争论这些鸡毛蒜皮的小事情上，又何必恋爱？

对于长笙这样的看法，晓微是无法苟同的。

"姐姐，约会迟到，这可是大问题，他为什么不能提前出门？为什么迟到了不打电话来通知？为什么不觉得自己迟到是错误的？你挖掘思想根源了吗？如果他爱你，首先他不应该迟到，如果迟到了就要及时汇报，而且来了以后更应该低三下四地求得原谅，这些都做不到，怎么看得出他的诚意啦？"

晓微的作，长笙是领教过的，有一次晓微的男友说好来接她下班，结果晚了，晓微足足在门口跟他纠结了一个小时。

一个小时，坐地铁从莘庄可以到人民广场了，如果是坐飞机的话，那可以飞得更远，可他们就像两根柱子一样钉在原地，轻声细语地舌战60分。

他们的生命似乎就是拿来消磨的。

顾长笙无法苟同。

她正掏出手机检索自己的邮箱，今天法国那边的供应商应该会有邮件发过来，算算时间差不多了，现在这点空档正好可以完成这项工作。

可是，邮件才打开，身边忽然响起了喧闹的音乐声。长笙的第一反应是有人的手机铃声开得太响了。

她忍不住抬头看看这个没有公德心的人长什么模样，冷不防却看见一大堆一茶一坐的伙伴簇拥着常霖走了过来。

常霖穿着厨师的衣服，手里托着一只银盘，看他那胖嘟嘟的脸，跟厨师的形象的确十分契合。

长笙微笑着看他葫芦里到底卖什么药。

常霖来到长笙面前，掀开盖子，银盘上放着一枚布丁。

长笙笑了："你改行做布丁了？"

"不，只是专为你手工制作的完美布丁。"

长笙再看布丁上龙飞凤舞地写着——Merry me.

长笙莫名地看着常霖。

常霖轻声问她："你知道这是什么吗？"

长笙仔细看了看："写着英文的布丁？"

常霖用更加温柔的语调说："不，这是一段婚姻。男人和女人因为爱情而产生的组合，就像牛奶和鸡蛋在糖的甜蜜中融合，到达合适的温度就变成了这一份布丁，它吃起来绵密细腻甜美，就像我们的未来。"

长笙恍然大悟："你这是在求婚？"

"白痴！"

"你要向白痴求婚？"

"拜托，这很明显是我在向你求婚啊！"

"可是你知道我是不赞成结婚的！"

"那你要不要吃吃看我这份布丁？"

"切！我不相信你会去学做饭！"

"那就嫁给我咯，让我为你做饭，证明我的诚意。"

身边一茶一坐的伙伴们也起哄着："嫁给他！嫁给他！"

长笙拿起勺尝了一口布丁，点了点头："嗯，真好。"

大家一起鼓掌："同意了同意了！"

长笙摇摇手，辩解道："不不不，我只是说布丁。"

初夏时节，婚期如约而至。坐在休息室里，长笙看着盒子里的婚戒，小心翼翼地拿起，欣赏着。珍藏了多年的这块祖母绿是在法国留学的时候千辛万苦买到的，如今亲手做成这只婚戒，这也算是一种决心吗？

和他过一辈子，决定了，就是这个人了吗？

突然长笙手包里的电话响了。

长笙拿出电话要接，却吃惊地看着这个来电号码，它属于一个本以为这辈子也不会联系的人。

可是这样的日子，长笙想了想还是接了电话。

这个人的声音一如既往的阴郁："十年了，你终于还是决定结婚了吗？"

长笙沉默。

男人自说自话地讲下去，声音里充满浓浓的不甘心："当初你跟我说如果结了婚你绝不会离婚，所以你不能贸然结婚，那么这一次的选择你还是保持着这种决心吗？"

长笙没有回答，轻轻地挂断了电话。

长笙看着镜中穿着婚纱的自己，33 岁，看起来似乎比 23 岁更加美丽了，那时候镜中的自己还有点黄和瘦，那个化妆师用千篇一律地手法画了一个大浓妆，艳俗不堪。现在，镜子里的顾长笙神采飞扬，脸上优雅的淡妆是自己描画上去的，看得出如画的眉目。

长笙试着对镜中那个新娘微笑，笑容却显得有些僵硬。

这是怎么了？

活泼的常霖，可爱的常霖，和以往任何一个男人都不一样的常霖，真的是注定的那一个吗？决定和他结婚，对吗？

长笙陷在自己的思绪里不能自拔。

开满蔷薇花的围墙外，齐袂打开车后盖正准备下货。

一身婚纱的长笙忽然站在他面前。

齐袂认得长笙是常霖的新娘，在常霖的手机上看见过她的照片，但长笙并不认得齐袂，见齐袂一身厨师服，长笙知道他的身份。

今天婚礼的餐会是长笙指定的西式冷餐会，眼前这个一脸沧桑的厨师应该就是今天的办餐人员。

长笙确认一下："你是为婚礼办餐的？"

齐袂点点头。

"不好意思，婚礼取消了，你送我一程吧。"

想来想去，没有人可以帮助自己离开这个婚礼，偏偏当初为了清净，又选择了这个远郊的婚礼中心。所以只有这个陌生的厨师可以用他的货车载自己一程了。

长笙坐进驾驶室。

齐袂一脸诧异地看着一身婚纱的长笙。

长笙茫然地看着窗外，离开这个婚礼，意味着必须要离开这一段的人生了。租的房子退掉了，所有的家当都搬进了和常霖合买的新房，决定和常霖结婚的时候，她真的完全没有藏私。

今晚，本来是要回到一起打造好的那个新家的。

现在，如果不确定和常霖结婚的话，还真有点一筹莫展了。只是，今天一定要离开，长笙点点头，仿佛给自己下定决心般，她用毋庸置疑地语气对齐袂说："好了，我们走吧。"

CHAPTER 02

蜜桃乌龙：相处的温度

　　冲泡蜜桃乌龙需要用 100 度的水，趁热喝，香气才好，如果凉下来，就只能倒掉了，不幸喝了这种冷下来的茶汤，脾胃弱的人会立刻肚子疼。但有趣的是，蜜桃乌龙也可以用冰冷的矿泉水冲泡，放在冰箱八小时，把甜美的回甘慢慢浸泡出来，这样冷泡的茶汤，喝起来沁人心脾。激情之后冷却下来的感情，乏善可陈，但慢慢浓烈起来的感情却能感人至深，爱情是不是也是这个道理？

齐袂从倒后镜里打量顾长笙，这个无数次从常霖嘴里听见的名字，如今坐在一堆纸箱子中间，穿着美丽的婚纱，却让齐袂有一种厌恶感。

听说过女人逃婚，遇见实况还是第一次，看她一脸镇定，似乎完全无所谓。

这个女人，把婚姻当成了什么？又把常霖当成什么！

齐袂心里替常霖不值，脚下自然也没有怜香惜玉的态度，一脚刹车踩下去，十分生硬。

长笙反应极快，迅速稳住了身体，用征询的眼神看了看齐袂，齐袂等着她大呼小叫，没想到长笙冷静地看了看，却没什么话。

齐袂只能闷声说："到了，你下来。"

长笙向车窗外看看，问："是到你公司了吗？也好，我们把账算一下，我不会让你吃亏。"

齐袂心里老大的不舒服，他对着长笙不客气地说："150 人的婚礼餐会，这些食物够一个人吃一年，你打算就这么浪费掉吗？什么叫不吃亏？你的眼里只有生意吗？食物是无辜的，你知道世界上还有两亿人在饿肚子吗？大小姐，快下来搬东西吧！"

齐袂把一只较轻的纸箱放在长笙手上，自顾自搬着货进去了。

长笙踢掉高跟鞋，也抱起纸箱跟了进去。

和所有的新郎一样，常霖心里十分兴奋，虽然婚礼有婚庆公司的工作人员安排，但招呼客人安排各种细节还是会让他觉得十分忙碌，不过这种忙碌带给他的不是疲倦而是更加的亢奋。

他想在婚礼前见见长笙，和她分享一下自己的愉快，但推开等候室的门，他发现里面却是空无一人。

他并没觉得有什么问题，可能长笙出去迎接什么朋友了，于是他开始拨打她的电话，电话无人接听。

常霖决定去找婚庆公司的人问个究竟，习惯性丢三落四的他竟随手将手机放在了化妆桌上。

齐袂恰在此时拨打常霖的电话想告诉他新娘子的下落。

电话的铃声显得分外焦急。

但常霖没有听到。

齐袂只能再发短信——你老婆在我这里。

有人回复——给我地址。

齐袂觉得莫名，这家伙又不是没来过，但他觉得也许常霖是急糊涂了，所以又把地址回复了过去。

齐袂忙着"告密"的时候，长笙手脚麻利地把剩下的纸箱搬了进来，然后坐在长沙发上休息。

齐袂走过来时看见的是长笙搁在沙发上曼妙的小腿，线条紧实，肤质光洁，有种天然去雕饰的感觉。

齐袂心中一动，这样的尤物，难怪会把常霖这样单纯的孩子玩弄于股掌之中。

长笙看了看齐袂，从手上摘下祖母绿婚戒，放在茶几上，有点疲惫地说："这个先给你，等过一阵子我再带钱来赎回去。"

齐袂不快地说："这是你们的婚戒，你就这么无所谓吗？你知不知道常霖是十分认真和慎重地对待你们的婚姻的？"

长笙笑了笑，也不解释："这枚婚戒是我自己设计和制作的，对我来说一样十分重要，只是我现在身无长物，我只能把它抵押给你。"

"那你是下了决心不结婚了？"

"今天，我没有结婚的勇气。"

"婚前恐惧症？"

"不，我想不是。"

长笙起身准备离开，但看看自己身上的婚纱，又觉得不妥，只能转而求助齐袂，也许他可以再送自己一程。

长笙还没开口，门铃急促地响了起来。

齐袂赶紧去开门，希望常霖及时赶到，他看得出长笙已经打算离开。

门开了，进来的不是常霖，而是一个陌生的男人。

男人穿着正式的黑西装，看起来彬彬有礼，却很不客气地轻轻推开齐袂，正对着长笙走了过去。

长笙看见进来的这个男人，十分吃惊，旋即又镇定下来。

长笙点点头："我应该想得到，你去我的婚礼现场了？"

男人点点头："对，我想看看什么男人是你认为可以托付终身的。可惜，你又让我失望了。"

长笙摇了摇头，沉着地说："不，他跟你想的不一样，起码，那绝不是第二个你。"

"那你为什么在这里？"男人有点咄咄逼人，眼里却满含着希望。

长笙笑了："是的，我又逃婚了，但离开他的理由和离开你的理由是完全不同的，离开你，我确信自己绝不会回头；离开他，只是不想举行婚礼，但我不确定是不是要跟他分手。"

"知道你离过一次婚逃过一次婚，如今又从他自己的婚礼上逃走，你以为这世界上会有哪个傻男人在知道这一切之后还愿意要你吗？"男人的表情变得有点狰狞。

其实一定是十分在乎才会牵动情绪吧，这种过度的反应让旁观的齐袂看得出顾长笙在这个男人心中的分量。

长笙却不为所动。

"那是我的事。而我和你在十年前就结束了，我说过，希望你找到属于你的幸福，今天我能给你的还是这句话。"

说完，长笙坐了下来。

男人也在她的对面坐下来，不甘心地看着她。

沉默的两个人就这样在齐袂偌大的厨房里对峙起来。

齐袂走到炉灶前，开始烧水。

客来奉茶，作为主人，他守着礼节。

寂静的空间里，水沸腾的声音显得十分突兀。

齐袂取出一只玻璃茶壶，又拿出几只杯子开始清洗茶具。

他把茶壶和茶杯放在一只竹制的茶盘上，往茶壶里放进一包蜜桃乌龙，做好这一切，水彻底开了。齐袂将沸水冲进茶壶，轻轻盖上壶盖，托着茶盘走到两人当中，放下茶盘，为他们各倒上一杯茶。

上门都是客。

"趁热喝吧。"齐袂冷静地说，然后退到了一边。

他的心里暗自纳闷，常霖这小子，到底去哪里了，为什么常霖这个现成的新郎没来，而来的这个男人又似乎和长笙颇有纠葛。

顾长笙这个女人，变得越来越复杂了。

齐袂记得常霖第一次提到长笙时的情景。

"我今天遇到一个侠女，我的钱包被偷了，我没发现，身边却有一个女人追了上来，她一边追还一边骂我——你白痴啊，他偷了你的钱包。估计是她太有气势了，小偷丢下我的钱包跑了。"

后来，顾女侠变成了常霖嘴里的长笙女王，他为她写歌，为她学做饭，为她献上自己的后半辈子。

但女王有个前夫，而且似乎还有逃婚的习惯。

这位前夫，看起来对她念念不忘。

齐袂在心里叹了口气，常霖啊，你还真的是搅了趟浑水呢。

屋子里静得出奇，男人端起茶杯呷了一口茶，然后不客气地说："很好的香气，喝起来也不错，不过，平时我从来不喝茶，我只喝正宗的咖啡。"

男人放下杯子。

长笙微笑着说："十年了，你还是一如既往地让人受不了，连你的赞美都会让人听起来不舒服。"

　　"你不也还是一样，答应跟别人结婚又逃跑。"

　　"这一次跟上一次完全不同。"

　　"有什么不一样？你把一个诚心诚意跟你过一辈子的男人变成了前夫，我到现在还是不明白，我愿意花钱养你一辈子，你却因为这个要和我分手？你看不看《非诚勿扰》，知不知道现在有万人相亲大会？男人和女人能相遇相爱并结婚，概率多么低？而我这样的男人，是多么合适结婚。"

　　"对，你合适结婚，但却不是我的菜。你想了十年还不明白，而我在十年前就知道我们不可能过一辈子。就凭这一点，我们就不该结婚，我不是害你，而是不希望害你，你还不懂吗？"

　　"你还不是害我？那么盛大的婚礼，宾客都到齐了，新娘子却不见了，你知不知道别人提起我的时候叫我什么？那个老婆跑了的家伙。我变成了失败者，你知不知道？"

　　"这有什么，这世界上离了婚的男人到处都是，被男人始乱终弃的女人也不少，你过你的日子不就好了？当年你不是就说过嘛，你可以用钱买到一个家和你要的幸福。何必如此耿耿于怀？真的，我是真心希望你幸福，我也相信你能得到能让你幸福的人，当年逃婚，从形式上看是我对不起你，但从实质上来看，对我们都没有坏处，不合适的婚姻，从一开始就应该果断终止。"

　　男人想说点什么，终于还是长叹了一口气。

　　男人站起身准备离开，长笙忽然又说："这一次如果你决定结婚，千万不要又觉得别人是因为你们家的钱才选择的你，存了这样的心，是对那个女人的不尊重，也是对你自己的不信任。"

　　男人点了点头，深深地看了一眼长笙，温柔而低沉地说："你这样咄咄逼人，小心别人看不懂你的心。能在你凶巴巴的外表下看出你的优点的人不多，再有的话别浪费了。"

　　长笙笑了："其实，你是个好人，你妈也只是比较啰唆，嫁进你们家的女人，一定会幸福的。"

"那是当然。"男人也笑了起来。笑容赶走了他脸上的阴郁，他的面容一下子变得俊朗起来。

齐袂冷淡地看着这两人，心里渐渐理出头绪。

十年前顾长笙也是在婚礼当天离开了可怜的新郎，而这个可怜人牵挂了她十年，今天，在顾长笙的又一次逃婚之后，男人的创伤得到了治愈。

唉，常霖的心要怎么办呢？再等十年？

想到常霖，常霖就破门而入了。

长笙的前夫抱着同仇敌忾的心意走上前去进行自我介绍。

"你好，我是长笙的第一个前夫"。

常霖也不理他，径直走到长笙面前，问她："你和他结过婚？"

"是领过证。"

"又离了？"

"对。我在婚礼前逃走了。就离了。"

"那不就行了。我知道了。"

这一次轮到前夫诧异了："你不介意吗？"

常霖一脸无辜地回答："为什么要介意，她已经离了婚，不就行了吗？"

"你没有自尊心的吗？她都没告诉你她结过婚。"

"这种事情以后慢慢说也无所谓啊，你是长笙的前夫，是吧，正好，她没有家人，你要愿意留下来吃喜酒，我给你在主桌加个座位？"

前夫自然没有常霖那种粗壮的神经，他连再见也没说就自顾自地离开了。

常霖看着他的背影想了一下，然后回过神来问长笙："你离开是因为他吗？那现在我们是不是可以回去参加一下我们的婚礼了？"

长笙摇摇头："很抱歉，我也不能和你结婚！"

"为什么？"

"我想我们还不够了解，所以今天不合适结婚。"

常霖气愤地端起桌子上的茶就要喝。

齐袂连忙抢下来："这杯凉了，不能喝。"

"我现在需要的就是冷静一下！"

齐袂转身从冰箱里拿出一瓶冷泡茶递给常霖。

常霖抓住瓶子喝了起来，喝完后纳闷地问："这不是一样的吗？"

齐袂耐心地跟他解释："那杯是开水冲的，现在凉透了喝下去会伤肠胃，这一瓶是用冷水泡的，是不同的。"

"我真搞不懂这有什么不同？还有，你也是一样，明明答应了结婚又为什么反悔？你们两个，就是喜欢把一件很简单的事情变得很复杂！"

长笙忽然有所感悟："热情之后慢慢冷却的，已经不是滋味了，而一直冷静相处的，即使从未到达那种激情的巅峰，却比较持久……也许，就是这个道理。"

常霖用几乎崩溃的声音说："什么热的冷的，我只知道今天我要结婚，新娘子逃走了！你让我怎么面对一屋子的人？"

"你看，你只是一个看中面子更胜过我的人。"

"这不是面不面子的问题，那些人都是我们的亲人和朋友，人家是诚心诚意来祝贺我们的。你对我有什么不满意，你讲出来我改不就行了。结婚本身又没有错，结了婚你给我判个无期，我一辈子改造，不就行了？"

"我在想如果婚礼上证婚人问我是否不管贫穷疾病都不离不弃，我觉得我们恐怕做不到，所以我只能说不。"

常霖大喊："那只是个仪式！大姐，你随便说一句愿意会死啊？"

"我不是个随便的人，婚姻也不是随随便便的事！"

常霖瞬间被击倒："你——"

长笙诚恳地说："我很想要一个家，认识你的时候我如沐春风，你我也有过夏天一样火热的激情，但爱情一旦开花结果之后，就会进入冰河期，在你家吃饭的时候，看着你爸妈头发都白了还那么甜蜜，我真的很羡慕，但是我们能走到那一步吗？"

"这种事情想那么多干什么，试试看就知道啊。"

"婚姻怎么可以当作实验呢？"

常霖咬牙切齿地说："你是铁了心不准备去参加婚礼了？"

长笙点点头。

"好，那我自己去！"

CHAPTER 03

卤肉饭：寻常的幸福

　　一碟肉燥，一碗米饭，配上几棵青菜，如果能再来一个卤蛋，就是最美味的卤肉饭了。小时候我会做好饭等妈妈回来吃饭，渐渐地就爱上了做饭。后来，爸爸回来了，我们家也有了一家三口坐在一起吃饭的幸福。爸爸喜欢饭硬一点，妈妈喜欢饭软一点，于是我试着煮出软硬适中的饭，让他们都能吃得开心。那时候的我只有10岁，我希望通过煮饭表达我的心意，守住在别人看来最寻常的幸福。

齐袂收好茶具，转头对长笙说："好，现在我们来解决你的问题。"

长笙诧异地问："什么问题？"

齐袂指了指堆在门口的食物，说："现在有150份食物搁浅在这里，你给我一个解决的办法。当我制作这些食物的时候，我满怀祝愿和期待，如今全落空了，食物也会很失落，这已经不是钱的问题。"

长笙举手做了个"停"的手势："停停停，我最怕听人家讲这种不明所以的长篇大论，我懂，你就是问我这些东西怎么处理吗？"

齐袂点头。

长笙："这样，你先借我一套衣服，我总不能穿着婚纱在大街上乱跑吧。"

长笙换上齐袂的衬衣和布裤子，用清水和肥皂洗掉脸上的妆，把头发上的假发拿掉，解放自己的头发。

当长笙从卫生间出来的时候，已经变得清爽帅气生机勃勃了。齐袂觉得自己几乎有一点要欣赏她的意思，可是，他提醒自己，这是个心里只有自己的可怕女人，她能一而再再而三地从婚礼上逃走，对于男人的轻视实在是没有下限的。

长笙也的确忽视了齐袂的目光，她径直走了出去。

良久，她带着一大袋子餐盒回来。

长笙把餐盒放在齐袂面前，果断地说："好，现在你给我把这些盒子装满。"

齐袂不悦地说："装满？这种词语是对我工作的亵渎。"

长笙也不理他，自顾自地说："你就不能有效率地讲话吗，拐弯抹角！好，你给我做 50 份便当，这总可以了吧。"

齐袂也不高兴再搭理这个喜欢指挥别人的女人，埋下头来开始工作。

让食物像艺术品一样被呈现出来，刺激每一个人的脑神经，产生一种"我想吃"的冲动，这是齐袂的工作，也是齐袂的爱好。

冷餐会的食物用来制作便当的确是十分合适的，在齐袂的手中，它们被有机地组合起来，变成一幅美丽的图画。

长笙不由得赞叹："你真是一个艺术家。好，现在我们一起去把这些便当送给会认真欣赏它们的人。"

齐袂没想到顾长笙把他带到了向阳福利院。

这是一个老福利院，有幽静的花园和草地，楼房已经有点破败了，不过收拾得还算干净。

长笙从面包车上下来，看门的老人就打开了门。

看来她是这里的常客。

看门人热情地和长笙打招呼："小顾，你又来啦。"

长笙愉快地回应他："是啊，今天我给大家带来了好吃的！"

福利院的草地上，长笙和齐袂一起将食物分发给孩子。齐袂注意到健康的男孩比较少，有几个有明显的残疾，残缺的天使的脸让人不忍正视。

长笙却很自然地跟他们聊着天："唉，先拿去给爷爷奶奶，你们再来，多的是啊。"

这时有一位坐轮椅的老奶奶靠过来，饶有兴趣地打量着齐袂："小顾，他是谁啊？男朋友？你可不能再拖了，赶快结婚吧。"

"沈妈妈，我结过婚了，你忘了？"

"哦，那就好，那就好，早点生孩子哦。"

长笙快乐地回答她："好的，生好了抱来给你看哦。"

老奶奶嘟嘟囔囔地走开了。

齐袂惊奇地看着顾长笙，她的那种熟稔可不是志愿者的感觉，就好像回了自己的家一样。

　　长笙明显感觉到齐袂的诧异，轻松地说："这里是我的家，10岁以后我在这里长大的。"

　　"你——是孤儿？"

　　"10岁前不是。我上小学以后我爸开始辞职做股票，一度挣了很多钱，很快就输惨了，他把家里唯一的房子也押给别人，为此跟我妈争吵的时候失手把我妈推下了楼梯，我妈没了，他也自杀了。家里所有的东西都抵了债，我就来了福利院。"

　　齐袂默然："对不起，我不知道。"

　　长笙："这没什么，现在报纸上这样的社会新闻多了。你看那些新闻的时候会想到新闻背后留下的那些孩子吗？人们早就麻木了吧。所以我也没有告诉过别人，我不需要同情。但我知道一点，如果不能好好在一起，当初就不应该结婚，如果不能好好保护你的孩子，就更不应该生孩子！所以，没有十足把握的时候我不会成家，因为我不希望这世界上再多一个这样的我。"

　　齐袂想说，人生不会一直重复，它其实像楼梯一样是螺旋形上升的，可是，看着顾长笙沉默的侧面，他觉得此时的说教实在是有点多余。

　　齐袂看着草地上的老人和孩子，他们在阳光下专注地享受着长笙带来的食物，尤其是那些孩子，几乎用令人心酸的速度迅速把盒子里的食物吃光。

　　长笙向他们招招手，孩子们又聚拢过来，长笙把剩下的食物继续分给他们。

　　"慢点吃，别噎着。等你们长大了，要努力工作，就能自己买得起这些好吃的东西了，记住哦。"

　　长笙温柔地对他们说，也许当年她就是这样对自己说的吧。

　　失去父母庇佑的孩子，有几个人能了解他们心里的想法呢？那样幼小的心灵，本来应该单纯地长大，却过早地被生存的困惑煎熬着。

齐袂看着温柔的顾长笙，心里也漾出一点温柔来了。

黄昏来临的时候，两人又回到了齐袂家，齐袂将一碗米饭放在长笙面前，然后将一碟肉燥放在她的手边，又依次在她面前放了一碟生菜和一碟菌菇。

"不好意思，存货都带去福利院，家里只有这些，一起吃一点吧。"

长笙端起米饭感叹道："忙了一天，闻到白米饭的香气，真是让人感到幸福啊。"

齐袂点点头，说："以前我妈也常这么说。"

"你妈也是厨师吗？"

"不，她是个裁缝，是自己支个案子帮别人修改衣服的那种，剪裤腿钉纽扣打补丁，都是琐碎的小活，以前的人衣服破了旧了缝补一下再穿，一块钱两块钱，只能靠不停地做才能有点收入。所以妈妈忙得没有时间给我做饭。她总会在深夜去为我煮一罐肉燥，我放学回来自己煮饭吃。"

一碗白米饭浇两勺肉燥。这就是台湾的卤肉饭。

"再后来，我试着用肉燥做出不同的菜式，肉燥青菜，肉燥米饭，肉燥卤蛋，然后就这么爱上了做菜。"

"那你爸呢？"

"他是水手，跟远洋轮的，大部分时间不在家。后来我爸身体不好不能跑船了，才安定下来。爸爸失业回家后家里的钱更加不够用，但我妈却很开心，她说一家人天天能在一起吃饭，是最幸福的事情。"

"她们都是好女人，可是遇到的男人都不能给她们幸福。"

"我爸后来还是走了，我妈很想念他，所以他们一定是幸福过的。"

"你妈现在呢？"

"我想她是被我爸接走了吧。"

长笙点点头说："看得出你们家虽然穷但是不缺爱。"

"爸爸喜欢饭硬一点，妈妈喜欢饭软一点，于是我试着煮出软硬适中的饭，让他们都能吃得开心。那时候的我也只有 10 岁，我希望通过煮饭表达我的心意，守住在别人看来最寻常的幸福。"

"只是，这么寻常的幸福我们也是守不住的，因为那时我们还是孩子。"

长笙说完放下了饭碗，有点食不下咽。

齐袂试着转换话题："那接下来你准备怎么办？"

"我想我需要去拿些换洗衣服，然后再重新开始。"

"你指的是你又打算离开吗？"

"对，这已经比十年前好很多了，那时候我只有 23 岁，大学刚毕业，什么都没有，幸好我的老师推荐我去法国学习珠宝鉴定，我在那里半工半读，很长一段时间每天只吃一顿饭，也熬过来了。"

"那这一次呢。你有什么打算？"

"北京有一家拍卖公司一直邀请我去工作，相比珠宝鉴定，其实我更愿意创作自己的作品，只是现在，也许我暂时要把自己的兴趣放一下，把上海留给常霖。"

齐袂的心里忽然有一种不舍。

对这个今天才认识的女人，他已经有了一种牵挂，是因为她奇特的身世还是她奇突的性格呢？

长笙也沉浸在对未来的思考中，在这之前的半年，当她决定和常霖结婚的时候，已经用尽了全力，买房子，装修，搬家，如今全部尘埃落定，她却发现自己缺乏勇气打开那扇门，和常霖一起生活一辈子。

前面三十三年的努力全部都付诸新生活了，如果要切断和常霖的联系，自然也就切断了和自己过去的联系。

去另一个地方，认识新的人，建立新的事业和圈子，让如今身边的所有人渐渐淡忘那个逃婚的顾长笙，就好像这个世界上从来没有存在过这个人一样，这是上两次逃婚之后顾长笙的惯用手法。

但，第一次逃婚，她 23 岁，其实什么都没有；第二次逃婚，是和一个在咖啡馆邂逅的法国男人，离开了普罗旺斯，自然也就离开了那个故事。

现在，33 岁的顾长笙决定站起身来离开自己，到另一个城市再去开始，这一次她需要更多的勇气了。

齐袂很想开口挽留，但显然，这个故事不是他的主场，他并不享有发言权。

恰在此时，有人敲门，齐袂打开门，故事的另一位主角常霖来了。

齐袂站起身去给常霖拿碗筷，而常霖却坐在齐袂的座位上端起齐袂的饭碗津津有味地吃了起来，好像他只是来吃这碗饭的。

长笙和齐袂看着常霖。

常霖像忽然想到什么一样地丢出一串钥匙给长笙。

常霖："我住客房，你住主卧，水电煤各种费用我们一人一半，就这么住着，井水不犯河水，好不好？"

CHAPTER 04

牛肉面：汤的守候

　　一碗好的牛肉面，精华在这一碗汤：先用牛骨熬制，然后加进牛油和牛肉加浓它的味道，整个熬制的过程需要八小时，在这八小时里，你需要不时去清理汤上面的浮沫，保证汤的清澈。维持婚姻就需要有这种决心和毅力。当然你也可以用电饭锅的煲汤功能，甚至直接去便利店买一碗叫做牛肉面的泡面。汤代表你的态度，是执著地守候，还是循例惯常的手段，或者，来段像泡面一样没有营养的一夜情？

也不知常霖是怎么解决的，反正，虽然长笙从婚礼上逃走，可他们的生活居然很快恢复了平静。

长笙并不喜欢北京的那份工作，而常霖又不介意和她面对面，她也就在原有的生活里驻扎下来，并且很快重新沉浸到她热爱的工作中。

这几天，长笙的热情被一块古旧的蓝宝石给吸引了。这是一个老客人拿来的，宝石来自他的外婆，据说当年逃难的时候外婆将宝石缝在胸口，后来几经辗转，家里的东西典当殆尽，只有这块蓝宝石被留了下来。

这是一块纯净的宝石，比较可惜的是，在颠沛流离中宝石里出现了一条裂缝，但在它的主人心目中却是无价之宝。

"请把它设计成一个求婚的戒指吧，我要把这个戒指留给我的儿子，将来他去向他最爱的女人求婚时，可以告诉她这块蓝宝石的渊源。"客人微笑着说。

长笙知道他的孩子其实才只有2岁，做父亲的就这样急不可耐地为他计划浪漫的未来了。

希望这份温暖能一直留存下去。长笙在心里默默为他们祝愿，同时她也希望能找到一个温暖的创意来与这块有故事的宝石匹配。

相比之下，自己的那枚婚戒就显得孤单了，而且，长笙看了看自己的手，手指上空空的，那枚婚戒被留在了齐袄的茶几上，作为抵押品。

那个只有过一面之缘的男人。

阳台上，晾着齐袄的白衬衫和布裤子，长笙借来穿了，还没有送回去。

特地送回去的话，好像完全没有话题可聊，叫快递送回去比较好吧。

长笙把视线从衬衫转回到设计图稿上。

今天长笙没有去工作室，她让晓微在那边驻守，自己则躲在家里希望能静下心来完成蓝宝石戒指的设计。

长笙喜欢自己的工作，凡是来订购首饰的，总是满怀着幸福的期待，结婚、生日、诞生，人们用美丽的珠宝来庆祝这些快乐的事情，连带着让长笙也感觉到他们的幸福。

虽然她觉得自己缺乏幸福起来的能力。

可是，这并不表示她的心不会被快乐感染。

有谁会拒绝快乐呢？

透过窗户看见天晴了，就会想——真是个值得散步的好天气。这是人之常情，不过有些人会立刻起而行，有些人看看而已，有些人会在为自己找一堆无法去散步的借口。

长笙叹了口气，觉得自己缺乏让那枚宝石变得更加温暖的灵感。今天不是个创作的好日子。

或者自己把衣服送回去给齐袂，然后再把戒指拿回来？

常霖说齐袂并不是真正的办餐公司，那天他是把整个冷餐会作为贺礼送去给常霖的，难怪当长笙把它当成生意的时候，他会那么不爽。

想到齐袂和那枚婚戒，长笙微微笑了起来，那真是像闹剧一样的一天，一切好像都不是真的，只是她和常霖没有经过婚礼，却真的在同一个屋檐下生活了起来。

常霖说到做到，睡在客房，偶尔在公共空间遇到，他就像什么都没发生一样地谈笑风生，长笙看着客厅里挂着的硕大的结婚照，有种恍若隔世的感觉。

她和常霖是打算办完婚礼之后去领结婚证的，所以现在他们不算夫妻，但他们目前住着的这套房子却是两人共同出资联名购买的，这种关系其实比婚姻更加牢不可破。

长笙又叹了口气，算了，也许常霖的态度是对的，别想那么多，反正现在能和平共处，就这么秋毫无犯地在一起生活着吧。

就在长笙柔肠百转的同时，齐袂在茶几腿边，发现了长笙的婚戒。

齐袂原以为长笙离开的时候带走了婚戒，却没想到长笙把它放在茶几上，可能是那天准备那些餐盒的时候戒指掉了下来。

齐袂把婚戒小心地托在手里端详，这是一块十分漂亮的祖母绿，颜色沉郁优雅，长笙没有用流行的铂金，而是用沉稳的赤金将这一汪绿包裹了起来，宝石的托子其实是一朵玫瑰花，宝石的位置应该是花心，齐袂暗暗赞叹，这真是一枚优雅的戒指。

他决定把婚戒送回去。

齐袂打电话给常霖的时候，常霖正打算进录音棚，听说长笙把婚戒落在齐袂家里，常霖抱怨道："你看这个女人，这根本是对我的无视嘛。你帮我送回家去吧，钥匙在老地方，你把戒指放在进门玄关那里的零钱盒里，晚上我再回去跟她算账。"

齐袂应了一声，挂了电话，决定现在就送去，这个时间长笙应该在工作室，现在送去两个人不会照面。

在逃婚的那天见到的新娘子，之后再见面两个人说些什么好呢？齐袂觉得这是一个难以应付的场面，所以还是趁着家里没人的时候送去比较完美。

齐袂到了长笙家，在门口的地垫下面找到了门钥匙，他才打开门，就发现长笙趴在沙发边的脚垫上，面色痛苦。

齐袂吓了一跳，立刻环视周围，想搞清楚状况。

长笙呻吟了一句："给我一杯糖水。"

齐袂没听清楚，家里看起来也十分正常，他确定长笙不是因为遇袭而倒地的，这才放下紧张的情绪，俯身来观察长笙。

长笙极度痛苦地又挣扎道："快，给我一杯糖水。"

这一次齐袂听清楚了，他快速地奔进厨房，长笙和常霖都不在家做饭，所以他们的调味品少得可怜，这也降低了齐袂找到白砂糖的难度。

不过，厨房里没有热水瓶和电热水壶之类和开水有关的器具。

他从架子上找到一只玻璃杯，迅速清洗了，然后在冰箱里找到矿泉水，倒了一杯，放进微波炉加热，然后放入白砂糖，又迅速搅拌一下，递到长笙嘴边的时候这杯糖水的温度刚刚好。

长笙满意地哼了一声，一口气喝掉，但还是保持着那种有点奇怪的趴着的姿势。

齐袂手足无措地看着她，不知道到底是什么状况，他想了想，问长笙："我打电话叫救护车还是我直接开车送你去医院？"

长笙摇了摇手，清晰地回答："不去。"

"那你到底是哪里不舒服？"

"头晕，想吐，天旋地转。"长笙的神志倒是清楚的，齐袂微微有点放心。

"那我还能为你做点什么？"

"帮我开窗透气，然后过一会再给我一杯浓糖水。"交代完这几句，长笙又把头放回原来的位置，因为头的位置改变了，她的眩晕变得更加厉害，胃里似乎有一双巨大的手搅拌了几下，于是她只能痛苦地呻吟几声来缓解这种痛苦。

齐袂实在不忍心看她躺在地上，也不顾长笙反对，直接把她抱起来轻轻地放在床上，还很小心地把她摆成刚才那种趴着的姿势，然后他打开卧室的窗，拉上窗帘，又为长笙盖上毯子。

长笙喝了糖水，又有人在身边照顾，状况稳定了不少，起码情绪放松了很多。刚刚她还在纠结那张图纸，忽然觉得地动山摇，她直觉是——地震了。

但很快她发现是自己的问题，想吐，头晕，冷汗狂飙出来。

幸好手机在，她连忙硬撑着给常霖打了电话，但常霖却没有接。

其实常霖是在和齐袂通过电话之后就把手机放在了录音室的外面。

人在生病的时候自然都会脆弱，希望有人在身边陪着，哪怕这个人不是医生也会寄希望于他的帮助。

那一瞬间，长笙想到了很多早就忘掉的记忆片段。

小时候，妈妈好像也有这种情况，再以前，外婆也曾经这样卧床不起。

妈妈照顾过外婆，长笙照顾过妈妈，但长笙没有自己的家人，她忽然觉得自己也许太过挑剔了，和什么样的人结婚不是过日子呢？孤零零地死了，可能连帮你操办后事的人也没有啊。

越是这样想，冷汗越是涔涔。

齐袂也开始拨打常霖的电话，又给常霖发了短信，石沉大海一般。

长笙又不愿意去医院，齐袂只能把卧室的门打开，然后搬把椅子坐在卧室的门口，以便照顾长笙。

快近黄昏了，暮色渐渐走进室内。

长笙好像睡着了，常霖还没回来，齐袂走进厨房，想给长笙准备一点营养餐，可柜子里面除了几包泡面之外，空空如也。

齐袂找到一只旅行水壶，洗干净，然后烧点开水灌进去，又将刀具、抹布、调味品调整到顺手的位置。

这间装修得十分简洁的厨房，灯光、色调都很完美，完美得像一间样板房。

现在很多新婚夫妻的厨房都是这样，很现代，很漂亮，但除了烧水煮泡面之外，几乎不发挥任何作用。

齐袂想给长笙熬一点粥，居然连米也没有找到。

冰箱门上有几张外卖的传单，齐袂看了看，又叹了口气，沙县小吃桂林米粉咸肉菜饭，两个看起来这么光鲜的人就靠这种街边小铺打发一日三餐。

其实他们小区门口就有一个很好的超市卖场，里面汇聚了各地的食材，但做饭需要一种心态，有了合适的心态，才会拥有做饭的勇气和动力。

一个家，如果厨房不举烟火，始终缺乏家的氛围。

常霖跟着齐袂学做菜已经有不短的时间了，但看着这空空如也的厨房，齐袂大概了解了常霖的行动力。

我愿意为你做饭，这只是常霖良好的愿望，但看来，他并没有付诸实施的执行力。如果一个人空有壮志却难酬，还不如什么都别允诺的好。

长笙也许正是发现了这一点才在婚礼前犹豫停步的吧？

齐袂摇摇头，把这个想法从脑袋里剔除，这是别人的家事，他不应该浮想联翩。

没有食材，齐袂完全没有用武之地，他叹了口气又给常霖打了个电话。

这一次常霖正好从录音棚出来想喝一杯水，齐袂的来电让他注意到自己的手机，手机上有无数个未接来电和齐袂发来的短信。这说明事态紧急。

常霖立刻停下手里的活，奔去车库，现在正是晚高峰时段，从录音棚赶回家必须要经过徐家汇和万体馆，平时三十分钟不到的车程，现在一个小时也未必能到达，常霖想了想，放弃了自己开车的念头，转而推出了一辆哈雷。

常霖一边风驰电掣，一边为长笙焦急，这种关切是牵肠挂肚的。

长笙从婚礼上逃走之后，常霖自然是生气的，常霖的父母也很不解，但他们是那种很能包容孩子的父母，婚姻是常霖的婚姻，一切由他自己做主。

所以两位老人几乎什么抱怨的话也没有说，亲戚朋友们的疑问在他们那里就直接消化掉了，一句也没有拿来为难常霖。

常霖呢，对长笙似乎也有这样的包容，既然她还没有准备好，那就等一等吧，但毕竟常霖也是人，所以他不可能完全没有芥蒂地和长笙恢复到情侣关系。

但现在听说长笙生病了，他的心无比焦灼，常霖自己也觉得奇怪，一个这样完全不顾别人心情的女人，为什么还要这么在意她呢？

也许真有前世这一说？前世欠了她的，这一世来还吗？

男女关系总是这么不讲道理的，对你好的，你根本不在意；丢弃你的，却耿耿于怀。谁都觉得这个人不合适，你却会认定他，觉得真理掌握在少数人手里。

　　这么傻的何止是一个常霖呢？

　　谁没有傻过？

　　常霖几乎是冲进家里的，齐袂在门口截住他。

　　"轻点，她睡着了。"

　　"她是摔倒了吗？为什么不去医院？"

　　"头晕想吐。"

　　"吃坏了？"

　　齐袂想到厨房里那些外卖单，点点头："有可能，不过我看不像，她既没有吐也没有拉，只是想吐和头晕。"

　　"那还是去医院吧。"

　　齐袂忽然想到了什么，他有点犹豫地问："你们……你看她会不会……"

　　齐袂在常霖耳边说了句话。

　　常霖也有点吃不准："有可能吧……"

　　"这种事情你自己没有把握吗？"

　　常霖想了想，笑了："还真的很有可能呢，太好了。"

　　长笙忽然半弯着腰出现在他们身后。

　　长笙看见两人一个神色凝重，一个笑嘻嘻的，有点莫名地问："什么太好了？"

　　常霖笑嘻嘻地说："你怎么样？想吃什么？我去买？"

　　长笙痛苦地摇摇手："不不不，我还没好，实在是要上厕所了，只能爬起来。我还是什么也不想吃，想到吃的更想吐了，你们让我再睡一下。"

　　齐袂站起身，沉声道："有常霖照顾你，我先走了。"

　　长笙无力说话，几乎是四脚着地一样爬进了卫生间，过了一会儿又出来想回卧室。

人真的是不能生病啊，女王一样高傲的顾长笙现在看起来十分可怜，平日的威风荡然无存，常霖连忙过去想把她抱起来，却发现顾长笙还是蛮重的，要把她举起来有点难。

唉，平时缺乏运动啊，你举不起来的，刚刚已经有人试过了呢。

长笙呻吟道："你还是让我自己走吧，这样更难受。"

常霖搓着自己的手看着长笙，脸上的笑容却无法褪去。

长笙无暇顾及他诡异的表情，对他们说："如果一定想吃什么的话，我要牛肉面。"

常霖立刻应道："好，我给你煮。"

长笙一进房，常霖连忙抓住齐袂的手，笑嘻嘻地说："你不能走，你得教我做牛肉面。"

"牛骨、牛肉、牛油、酸菜、蜂蜜、湿面条、菜心，葱、姜、酒、茴香，你嘱咐我买的东西，一样都没少。……师父，她只是要吃一碗面，你却让我把超市差不多都搬回来了。"

常霖从购物袋里一样样拿出食材，齐袂在一旁仔细检查。

"与其抱怨，不如赶快来熬汤吧。"

"熬什么汤？"

"牛肉汤。"

在齐袂的指挥下，常霖给牛骨出水，又加上佐料放在深汤锅里熬煮。

齐袂忙得满头大汗，顺手脱掉了衬衣。

常霖羡慕地看着齐袂精干的手臂，又环顾了一下自己的身材，叹了口气。

"好的厨师一定要有充沛的体力。"齐袂的眼睛虽然没看常霖，但却关注着常霖的一举一动。

常霖一屁股坐在厨房的椅子上，叹息道："累死了，你们家吃碗面要搞这么复杂啊？"

常霖发牢骚的时候，汤锅开了，齐袂一个箭步冲上去掀开盖子用一把勺捞取汤面上的浮沫。

"师父，我总觉得你的身手肯定不错，你看你刚才这个动作，快得匪夷所思嘛，你练过啊？"

齐袂也不理他，把勺子塞进他的手里："拿好勺，隔一阵子就过来捞一下，这样汤才能清。"

常霖不情愿地站起来："这样要熬多久？"

"八小时。"

"啊，开玩笑吧，八小时，那我晚上还要不要睡觉？"

"是你说她要吃什么你都会去做的。"

"她只是要吃面，又没说一定要用这种熬死人的汤。把汤倒进电饭锅煮着，她醒过来就好吃了嘛。"

"那你为什么要在录音棚把同一首歌录几十遍？"

"旋律不对感觉不对，不算完整的作品嘛。"

"这个也是一样，汤不清，肉不烂，不算牛肉面！熬吧。"

常霖痛苦地站起身，面对汤锅。

齐袂走到卧室门口向里看了一眼。

长笙安详地睡着。

齐袂想走进去，想了想又退了出来。

齐袂走进厨房。

常霖居然用勺支着头，睡着了。

齐袂摇摇头，不过这就是常霖，他不可能忽然改变。

齐袂照看着牛骨汤，然后往里面依次加进牛油和牛肉。

天渐渐亮了。

齐袂关了火，在一张纸条上写下煮面的过程，然后把面碗、各种配料一一在料理台上整齐地码好。

清晨，长笙醒过来，走出卧室。她惊喜地发现常霖正在厨房忙碌。

常霖见长笙醒来，笑了："你坐一会儿，马上有牛肉面吃了。"

长笙坐到餐桌旁，看着忙碌的常霖，心中忽地涌起一种幸福感，如果这就是新婚的第一天，似乎还是很不错的开端呢。

常霖把煮好的牛肉面放在长笙面前。

长笙吃了一口牛肉面，惊奇地赞叹："没想到你真的会煮饭，这碗牛肉面比我在台湾那家名店吃的还要正宗啊！"

常霖现学现卖："主要是这一锅汤，煮了八个小时。"

长笙感动地问："你煮了一晚上的汤没睡觉吗？"

常霖不好意思地摇摇头："不，这种变态的事情只有齐袄做得出来，他熬了汤，还留了菜谱给我。"

长笙意外地问："他来过？现在人呢？"

"不知道什么时候走了，我睡着了。"

"他怎么会来？"

"他说来还什么东西的，这一折腾，我倒忘了问他，他也没说就走了。"

CHAPTER 05

狮子头：妈妈的心机

　　会做饭的江南女子少不得要学习的一道菜就是狮子头，这是最普通不过的一道家常菜，可是制作的方法却是暗藏心机的。有的妈妈会在里面加一点豆腐，让口感更加嫩滑；有的妈妈喜欢加马蹄在里面，清香爽脆；招待贵客，还会细细剥出蟹黄做成蟹粉狮子头。吃惯了妈妈做的菜，也就慢慢被妈妈的生活方式给渗透了。好的狮子头是要用刀自己斩出来的，斩几下翻过来再斩，花力气花时间耗精力，看着瘦肉肥肉姜末马蹄从分明变得模糊，妈妈的性子也在每日繁重的家务中渐渐模糊了。

常霖回家吃饭，妈妈做了狮子头，又用猪骨熬汤，把狮子头汆在里面，配上鲜嫩的小鸡毛菜，看起来山青水绿，让人很有食欲。

常霖忍不住又添了一碗米饭，用肉汤泡饭，吃得稀里哗啦的，让妈妈看得很是喜欢。儿子有胃口，说明心情不错，妈妈放心了很多。

妈妈看儿子，总有一种心酸感。

儿子独立了，以前在家里的好日子也过去了，现在每天三餐不继，经常通宵不睡，这是人过的日子吗？

儿子从音乐学院毕业出来，借了亲戚家的老房子自己建了一个录音棚。刚开始的时候添设备的钱还是跟老爸借的，一年后就还了，还给了利息，后来见他设备越换越好，但回家的时间却越来越晚，现在住在外面，更加没日没夜。

儿子是捧在手心里惯大的，从小没吃过苦，但现在孩子大了，妈妈只希望他一日三餐能按时吃，晚上早早睡觉，这么简单的要求也变成奢望。

如果结了婚能找到一个可以好好照顾他的女人，妈妈也就放心了。

所以当常霖回来说要和长笙结婚的时候，妈妈的心里是很不情愿的。那个法国留学回来的女人，看起来礼貌客气，但骨子里却有种拒人于千里之外的高傲，而且还是个孤儿。

在常妈妈这种平常的家庭主妇看来，单亲家庭的孩子可能都会有心理阴影，如今这个准儿媳妇父母双亡，那得多古怪啊！

常妈妈还记得长笙第一次上门时的情景。

那天长笙穿着真丝衬衣窄裙，很优雅地坐在桌边，看起来是赏心悦目的，带给常妈妈和常爸爸的礼物也十分挺括，给妈妈的是意大利手工制作的全皮软底吸烟鞋和一块橘色的丝巾，给爸爸的是一顶定制的软呢帽子。

几件礼物简约奢华价格昂贵，的确符合长笙的风格，据说都是长笙特地去挑选的。在和常霖筹备婚礼的时候，她也是一样的大气，所有的费用均摊，常霖出多少她出多少，从不在钱上面有任何计较。

可是，那双软底鞋到现在常妈妈还没舍得穿，穿出去吧，怕一不小心刮花了蹭坏了，在家里穿吧，又有点锦衣夜行的感觉了。

退休在家的爸爸妈妈社交活动不多，那块橘色的丝巾也就是过年和亲戚吃饭的时候戴了一下。常爸爸把那顶呢帽戴在头上在镜前端详了好久，最终还是没戴出去，和他的羽绒衣实在不怎么般配。

只这一个回合见分晓。

常妈妈和常爸爸知道，长笙是个很好的女人，但也是个十指不沾阳春水的仙人，偏偏他们的儿子也是这样的人，这两个人在一起过日子，吃什么喝什么？

可是，儿子爱她，你若反对，儿子就没了。谁让你从小惯到大，在你这里他不习惯听到反对的意见，你若反对他，他的反抗一定是毫不留情的。

至于爸妈对生活上的担忧，常霖说得简单——家务嘛，交给钟点工好了，做饭洗衣服擦地，我娶个老婆回来不是做这些事情的。

常妈妈听了心里怎么会不委屈？

你老妈我每天做饭洗衣服擦地，过了大半辈子这样的日子，凭什么你的老婆就不是干这种事情的人？

全家吃完饭常妈妈忙着收碗，优雅夺目的顾长笙却完全没有来帮忙的意思。常妈妈不由想起前晚才看的港剧，那里面的儿媳和婆婆挤在小小的厨房里一起干着家务谈天说地，那是多么完美的画面啊。

所以，长笙从婚礼上逃跑，常妈妈竟有点解脱的意味。

儿子还年轻，下一个可能会更好。

可是这个傻儿子又把人家请回去住，两个人又不算结过婚，现在连同居都算不上，这让别的女孩子怎么走进来？

门一开，看见一个时髦漂亮的女人和自己的男朋友住在一起，怎么解释？这年头，女人的名声好像没什么人看中了，但男人的名声丈母娘还是毫不含糊的，所以，今天常妈妈叫常霖回来吃饭是暗藏玄机的，她要探个究竟。

"那个，常霖啊，长笙和你就打算这么住下去吗？"

"是啊，不然她住哪？房子她也出了一半钱。"

"那要么你还是住回家来吧。"

"我又要把东西再搬一次，太烦了。"常霖没心没肺地说。

"那你们什么时候去领证？"

"领什么证啊？"

"结婚证啊。"

"这我怎么知道啊，她不肯跟我结婚，我总不能逼她去领证咯。"

"那要是你们两个人当中有人想结婚另一个人怎么办？"

"那就到时候再说呗。妈，这个狮子头还有没有？"常霖无意再继续这个对他来说有点难度的话题。

"有啊，对的，我给你装点回去，你只要热热就可以吃了。"常妈妈连忙站起来去拿保鲜盒。

"汤不要哦，这汤有点油，长笙不喜欢的。"

常妈妈停住了，疑惑地问："你是要带回去给她吃？"妈妈心说，你有病吧，这种女人你还想着她？但嘴里又不能这么说，儿子好像还很在乎她呢。

"嗯，昨天长笙晕倒了，想吐，没胃口。她一直爱吃你做的狮子头，我特地来带点给她。"

"你小子，原来你电话里说要回来吃饭，指名要吃狮子头是为了她？"妈妈心里还有一句，你可没对你老妈这么孝顺啊。

常霖点点头，笑嘻嘻地说："齐袂说了，现在她要吃什么就要弄给她吃才行。"

"怎么，她得了什么病？"

常霖得意地摇了摇头："病倒是没有，我看她好得很呢。"

敏感的常妈妈忽然顿悟，难道说……

常妈妈一把抓住常霖的手，问道："你有把握吗？你是说她要吐头晕却不是生病，所以是有了，对不对？是你的，对不对？"

常妈妈一下子被喜悦冲昏了头脑，长笙所有的不足都被这一个消息给反转回来，如果，她能给常家带来一个孩子，那么别的问题就不是问题了。

常妈妈立刻扬起嗓子喊道："老头子，你要做爷爷了，还不快点换衣服，我们去看看长笙。"

常霖急忙拦住她："哎哟我的妈，你可别把她吓到，这还只是猜测。"

常妈妈忙不迭地应道："是是是，别吓到她，我现在就把菜准备好你赶快给她送去，她要还想吃什么你告诉我，我明天一早等你们去上班了我给你们送到家里。从现在开始，你一定要注意她的营养，像昨天这种晕倒的现象一定是缺乏营养。你们可别把我的孙子给饿坏了。"

第二天，没等常霖召唤，常妈妈和常爸爸就赶到了常霖和长笙的家，两个人都不在家，老两口先去查看冰箱，里面除了常霖带回来的一盒狮子头，还有一罐齐袂熬好的牛肉汤，别的还是欠奉。

常妈妈拍出一条清单，让常爸爸去楼下的超市配备粮饷，她自己留下来打理家政。

长笙和常霖合起来请了一个钟点工，一周两次打扫卫生，但在常妈妈的眼中，一切都不够标准。

她先打开所有的窗户进行通风换气，然后逐一整理每个房间。长笙房间里的衣橱很整齐，睡衣挂在架子上，被子也拉得一丝不苟，在这些方面长笙还是表里如一的，现在有的女孩子出门的时候收拾得像杂志封面明星，但自己的闺房却基本乱得像狗窝。

常霖的房间就有点凌乱了，穿过的衣服堆在床头，被子掀开一个角，看得出他钻出被子的轨迹来。这一点常妈妈已经习以为常了，常霖在家里的时候就是这样，换好睡衣离开房间，反正妈妈会来收拾。

常妈妈把散在外面的衣服捡起来闻一闻，有味道的全部丢在门口，一会儿去清洁，剩下的叠整齐收进柜子。

没多久常爸爸回来了，退休以后采买的任务都是爸爸的，所以他轻车熟路地完成了任务。

长笙在常霖之前回到了家，家里明显收拾过了，她看看日历，今天并不是钟点工阿姨来的日子，难道太阳从西边出来，常霖干过家务了吗？

长笙还惊喜地看见餐桌上有一只蓝色的纱罩，这种纱罩在她小的时候很多人家都用，那时候父母是双职工的，会把饭菜做好扣在纱罩里，孩子回来自己拿着吃就可以了。

长笙面前的纱罩是全新的，其实是刚刚常爸爸从超市里现买回来的。长笙打开纱罩，里面有三菜一汤，还放着两副碗筷。

长笙冰雪聪明，立刻猜到这是常霖的爸妈来过了。

谁不希望有这种田螺姑娘一样的父母呢？默默为你提供服务，在你看不见地方他们辛苦付出，而且不发一言。

长笙还真是饿了，她打开电饭锅，里面有一锅洁白香甜热气腾腾的白米饭，凉拌黄瓜、蒜泥西兰花、莴苣炒肉片都是可以当冷菜吃的，一只砂锅里煮的是狮子头煨黄豆芽，还是温热的。

长笙特别爱吃常妈妈做的狮子头，那才是家里的味道。吃着这一顿营养又美味的晚餐，长笙百感交集，这种家庭的温暖她已经二十三年没有体会到了，如果那天不那么纠结的话，现在这份温暖就已经踏踏实实握在自己的手心了。

可是，她也清楚地认识到，她是和常霖结婚，而她憧憬的却是常霖的父母带给孩子的这种温暖和爱。

难道为了这种家庭的温暖，就把自己最重视的婚姻当成赌注吗？

再好吃的饭菜，一个人吃也是索然无味的，长笙勉强吃完一碗米饭，觉得气氛越来越压抑，汤匙和筷子撞击在碗边的声音，在寂静的客厅里显得分外喧闹。

她站起身打开电视机，让这个钟点的一档美食节目作为背景声。

长笙忽然想打一个电话看看常霖在什么地方，问问他会不会回来吃饭，想想又放下了。这种内容的电话是十分暧昧的，一般只有妻子会打给丈夫吧，可常霖和她的婚礼已经被她亲手搅黄了。

长笙回身看着餐桌，这是一张黑胡桃木的桌子，上面原先放着一只水晶花瓶，里面插着精致的干花。现在花瓶被移开放在角落里，餐桌上摆着饭餐和一只风格完全不搭的纱罩。

长笙和常霖原本精致得一如样板房的新居因为这点小小的变动而显得像一个家了，突然满溢出来的家庭气氛却让长笙警醒。

如果就这样一直生活下去，对没有名分的常霖和长笙来说都是很尴尬的吧。

那么，有没有可能履行自己的承诺，和常霖结婚，一辈子在一起呢？

长笙再一次设想那种画面，可她想到的却都是很不容乐观的场景。

他们会为了洗碗、换季收拾衣物、晚饭吃什么这些鸡毛蒜皮的事情短兵相接，如果有了孩子，家里会住进保姆，也许还有常霖的爸妈。长笙并没有洁癖，但如果生活变得如此杂乱无章，她还会是顾长笙吗？

就在长笙浮想联翩的时候，常霖也回到了家。

"你吃晚饭了吗？"常霖笑嘻嘻地问长笙。

长笙有点囧："吃过了，这应该是你爸妈帮你做的吧。"

"不不不，他们是特地为你做的，我告诉他们你之前差点晕倒，我想他们有点担心，所以特地过来看看。"

"可惜我来的时候他们不在。"

"没事，他们叫我们放心，以后他们每天都会过来帮我们做晚饭的，你也别在外面吃那些不干不净的东西了，每天回来吃晚饭吧。我也会尽量早点回来，争取能陪你一起吃。"

常霖的话让长笙觉得奇怪，她不禁问道："你爸妈为什么要每天来帮我们做晚饭啊？"

"他们说你一定要加强营养，不然的话对孩子不好。"常霖轻松地说。

"什么孩子？"长笙吓了一跳。

"啊？没有没有，我瞎说的，呵呵呵。"常霖心虚地走进厨房洗手。

"你到底跟你爸妈说了什么？"长笙跟过来要问个究竟。

"呵呵呵，没什么，我也是瞎猜的，回家吃饭的时候又随口说了出来，他们就瞎紧张了。"

这一下豁然开朗了，长笙终于明白，今天这突如其来的父母怀柔事件是因为常霖告诉了父母——长笙怀孕了。

长笙看看自己的肚子，实在也有点疑惑了，难道在这个看起来没什么变化的地方藏着一个小生命吗？

如果真是这样，那要怎么办？

CHAPTER 06

卤蛋：遗忘的记忆

　　蛋在煮之前是液体，煮过之后变得完全不同了，卤制过的蛋更是连颜色也变得暧昧不明。要说营养，白煮蛋是最好了，可是很多人却独独爱卤蛋的味道。每家的卤蛋都有自己的秘方，会卤蛋的人是有耐心的人，煮好的蛋要用勺子背细细敲碎，敲得蛋壳上有细密的如蛛网一般的纹路，煮得久了，蛋白上也会印上这样的花纹。人的心也是一颗卤蛋啊，开始是澄澈如水的，慢慢地被生活熬煮得坚硬了，被命运敲打得破碎了，岁月的痕迹全部刻在心上，谁还知道你原来的样子？

在常爸爸常妈妈每天来做田螺姑娘的一周后，长笙下定决心去医院查个究竟。她每天检视自己的身体，真的完全看不出任何变化，除了那次头晕之后，她也再没有类似的症状。如果没有怀孕，就别叫人家误会。

那如果是怀孕了呢？

长笙暂时不想去考虑这个问题，等确定了再说吧。

人往往会回避自己一时还不知道结果的那些问题，即使回避不了，也先把它放一放再说。

但实际上，那些需要放一放再说的事情，并不是你自己主观上很愉快地想去承受的。

如果够强大的话，就别把事情放下，而是直接面对。

当然，我们只是普通人，有好多的牵绊和忌讳，还有能力上达不到的遗憾，放一放顺其自然，也不失为一种正确的方式。

把成败交给命运，说得很消极，其实里面有太多的期盼和在乎，当然也不乏难以承受的无力感。

如果想体会一下无力感的话，去一次医院马上就会有那种感觉。

长笙先去了妇产科，说了自己状况，年轻的医生头也不抬地问："结婚了吗？"

长笙有点窘，低声回答："还没。"

女医生忽然看她一眼，又问："33 岁？"

长笙还没回答，她就迅速开了一张单子："去验小便。"

女厕所有点阴森森的，地上很潮湿，长笙小心地蹲下来，小心地不把小便弄在自己的手上，然后又把那一小杯液体小心地放在地上，免得弄洒了。

检验处贴着纸条，指导病患如何操作，不知道为什么，长笙觉得那些冰冷的句子总有一点嫌弃的感觉。

自从住进孤儿院以后，长笙就很怕去医院，一个人，没有家人的陪伴，排队挂号，排队看诊，排队缴费，排队验血，又排队缴费、拿药，总之，拖着痛苦的躯壳在人堆里挤进挤出。去医院的都是病人，谁也没有多余的心情来跟你交流，每个人都觉得自己的病痛是最痛苦的，希冀从医生那里得到一些帮助，而医生看惯了每天来往的病人，生病吃药，不行就打针输液，再来就是开刀或者不治，每日应付数百上千的病人，医院也没有办法给你太多安慰。

所以，长笙喜欢自己解决，年轻人无非就是感冒和吃坏了，这些常用药都很容易取得，吃点药喝点水睡一觉，很快就好了，亏得年轻啊。

可是目前的这种事情不去医院是不行的，没有医院的化验单，常霖的父母怎么会相信呢？

化验单在半小时之后拿在了长笙的手上。

阴性。

这本是长笙期待的结果，但不知为什么，长笙又有点淡淡的遗憾。她并没有计划成为一个妈妈。但在真的确定没有孩子的那一瞬间，她忽然发现，原来她是希望有一个孩子的，这种百转千回，不是女人，还真无法理解。

很多女人都是如此，在没有孩子以前，夸夸其谈，说的都是女人做了妈妈之后的丧失自我和劳累，好像是坚定的丁克族，但一旦做了妈妈以后，母性大爆发，恨不得一天24小时都和孩子腻在一起，跟人聊天更是三句话不离小孩。

这很正常，没什么不对的。

每个物种都是因为母爱才得以延续，你创造的这个生命你不去在意他，那他如何活下来？

现在，顾长笙的母性也爆炸了，她忽然发现自己是希望拥有这个孩子的，哪怕自己一个人抚养他长大，哪怕为了抚养他而和常霖一家一起生活，都是可以接受的。

一瞬间，她的理性消失了，感性完全占了上风。

她问年轻的女医生："为什么我没怀孕？是我的生育功能有问题吗？"

女医生看看她，觉得一两句话回答不了这个问题，只能跟她说："你可以去孕前检查的门诊咨询，也可以带你的配偶一起去了解和检查。"
"我为什么会头晕呕吐？之后又一点症状都没有？"

"低血糖、没睡好、疲劳、心理压力大都有可能，你去内科再检查一下。"

去内科又挂一个号。

等了半天又被验了血，结论是一切正常。

"可是以前我妈也有过这个症状，我外婆也经常发头昏，这是怎么回事？"

"一次头晕不能得出什么结论，有症状的时候你再来查，如果你家人都有过这种情况的话，那就请他们一起来检查看看。"

内科的这位医生倒是好脾气，细细跟长笙解释。

"那最坏的可能是什么？"

"有一种有家族群发可能的病叫做美尼尔氏综合征，但这种病确诊很难，而且你现在还没到频繁发作的时候，更难确诊，你只能注意休息，保证营养，至于你的母亲和外婆，如果发作很频繁的话，倒是可以来看门诊。"

血缘就是这么有趣，即使人已经不在了，她的基因还是一样会在你身上留下深深的烙印。

长笙的父母早就过世了，但医生的话让她忽然想起了自己的外婆。

严格地说，她不算孤儿，但在父母去世的时候，长笙记得居委会里的阿姨是帮她去联系过她的外婆的。

当时外婆住在养老院。长笙的父母都没有兄弟姐妹，爷爷奶奶当时已经去世了，能接管长笙的只有外婆，居委会的人问她愿不愿意回来跟外孙女一起住，但外婆却拒绝了。

上一代的纠葛到底是怎样的，长笙已经无从知道了。

她只知道，外婆是妈妈的妈妈，可外婆情愿她被送进福利院，她并不是孤儿，但却孤零零地生活着。

是什么样的恨让她陷入这样无边的孤单之中？

长笙从医院出来，没有回家，她决定去一个地方。去见见那个不明来由地拒绝给她温暖的唯一的亲人。

很小的时候外婆是和长笙一家住在一起的，老式石库门的房子，外婆的房间是小小一间亭子间，但却收拾得很整齐，外婆喜欢和长笙一起脱了鞋坐在床上，然后用一只小碗装一个卤蛋拿小汤匙慢慢地喂长笙。

到长笙上小学的时候，爸爸做股票发了财，买了成套的商品房，外婆没有跟来住，至于外婆为什么会住进养老院，爸妈没有说，长笙也就无从知道了。

别人家都能安安稳稳过下来的日子，到了自己家，就变得峰回路转颠沛流离，是缺乏好好过日子的基因吗？

长笙无数次问过自己，是我这个人注定就无法拥有自己的家人吗？

有一首老歌，长笙每次听见都会立刻关掉它——《外婆这样的女人》。

情窦初开时为爱牵引
瓜熟蒂落时为爱受困
人到中年时残花败叶
人老珠黄时为着儿孙
女人，女人这一生啊
为了谁而活着

是谁在风雨中打开家门

是谁为我擦去泪痕

是你为我做的花花棉袄

是你一颗慈爱的心

长笙的外婆甚至连女儿和女婿的葬礼都没有参加，任由 10 岁的外孙女独自面对这一切，二十三年来，她更是连信都没有给长笙写过一封。

上一代一定是有恩怨的，但孩子有什么过错呢？

或者，真的是我有什么错？

长笙这样想着，来到了外婆住着的养老院门口。

外婆还在不在呢？

去年她打电话来问过，那时候她还活着。

每年生日长笙都会打电话来问问外婆的近况，哪怕在法国的时候，省下饭钱也要打这个电话。

她也说不清为什么，世上就剩下这唯一的亲人，她必须一再确认她的存在。

当长笙真的坐在外婆床边的时候，她所有的疑问都问不出口了。

87 岁的外婆，看起来好像有 100 岁那么老。

下午三点，她还憩着。

长笙端详她，白发稀疏，面容枯槁，已经完全不是长笙记忆里的样子。

静静地在外婆身边坐了良久，外婆也没有反应，长笙觉得她好像再也不会醒过来一样。

同屋的老太告诉长笙："她是聋子，听不见，而且躺在床上已经好几年了，也没人来看过她，你是什么人？"

长笙笑笑，没有回答。

她们家的事情，几句话说不清，现在看着外婆的样子，更是不用说什么了，她已经老得说什么都没必要了。

黄昏的时候，长笙打开灯，外婆慢慢醒了过来，看见床边坐着的长笙，她慢慢地绽开了一个微笑。

　　外婆从枕头边摸出纸和笔，递给长笙。

　　长笙写道："外婆，我是长笙。"

　　外婆点了点头。

　　然后长笙就写不出什么来了。

　　问她什么呢？当年你为什么不愿意和我一起生活？就算问清楚也回不去了，何必再问？

　　外婆从长笙手里摸过纸和笔，抖抖索索地写道："你跟你妈真像。你爸妈早就死了，就剩下你，你一定要开心一点。"

　　长笙看着纸上歪歪扭扭的这行字，忽然觉得心酸。

　　她写道："外婆，你是什么时候听不见的？"

　　"好多年了，听不见好啊，不烦。"外婆写道。

　　"外婆，你有什么需要吗？"

　　外婆摇了摇头。忽然对着长笙笑了，笑得很慈祥。

　　长笙伸过手去，外婆把长笙的手轻轻握住，又把她的手贴在了自己的脸上。

　　良久。

　　外婆把手上的戒指褪下来戴在长笙的指头上，又轻轻地拍了拍她的手。长笙记得那枚戒指，宽宽的韭菜边，没有任何花纹，外婆用细细的红线把戒指裹起来，这样手寸会变得更加适合。

　　长笙带着外婆写给她的字条回到了家，她把字条收进钱包，和身份证摆在一起，这是外婆留给她的最后一点信息了。

　　长笙还想知道更多外婆的故事、妈妈和爸爸的故事，过一天，也许早一点再去拜访外婆，聊得深一点。

　　可是长笙没有这样的机会了。

　　当晚，养老院打电话来，外婆去世了。

好像她就是留着那一口气等着长笙一样。

戒指硬硬地硌着长笙的掌心，那种坚硬的感觉实在、踏实、具体。

长笙独自一人料理了外婆的后事，外婆的存折上还有一小笔钱，她把钱送给了在养老院里负责照料外婆的两位护工。

丧事料理完之后，养老院的负责人将长笙叫去了办公室，长笙以为是外婆还有相关费用没有结清。没想到院长却告诉她，外婆留了一间老房子给她。

豫乐里30号201。

长笙记得这个地址，在爸爸买了商品房搬走以前，她一直住在那里。一间朝西的亭子间和一间朝南的房间。外婆住亭子间，他们一家三口住南间，公用的厨房和卫生间，白天挤在一张四仙桌上吃饭。

原来这是外婆的房子，虽然小，却是她和外公辛苦一辈子赚下的产业。

院长说："据说你爸妈跟你外婆吵翻，是他们要拿这个房子去抵押炒股，你爸妈去世以后，你外婆一直很矛盾，又想接你一起住，又怕看见你，据说是你长得像爸爸，看见你就会想起害死她女儿的凶手。而且她聋了，有病，自己也要人照顾，可她还是牵记你的。"

长笙叹了口气，当时发生的一切，都只剩下旁人的只言片语了，再去追究也没什么意思。

院长又说："你外婆是没有退休工资的，这间老房子一直在收租金，补充她养老费用的不足，前几年她就交待我，如果她走了，就把房子给你。你要是不知道该怎么办手续，我会介绍一个律师给你代办。"

院长是个慈眉善目的女人，她把房产证和一张户籍证明交给长笙。

一个人去世了，留下的也就是几张文件证明她曾经活在这个世界上。

如果这个人没有家人的话，其实留下什么也是无所谓的了。

过去的一切都是空。

长笙是在料理丧事的时候才知道原来外公叫袁沛然，葬在松江的一个公墓里，那是一个比较新的公墓，墓碑是外婆立的。

也许长笙那种凡事只相信自己的基因是来自外婆的吧。

十五年前外婆买好了一块夫妻合葬的墓地，把外公的遗骨迁了进来，然后立了墓碑，到了外婆去世的时候，只要把骨灰盒子放进去，墓碑上的字描一下就行了。已近古稀的老人自己操办着一切的时候会是怎样的心情呢？

可能，外婆觉得长笙不会来为她料理后事，所以才自己打理好了一切吧。

长笙想到自己，如果没有家人，也许自己也得在死之前就把一切都安排好，不然，谁能帮你承担后事呢？

生与死，在短短的几天里打击了长笙的人生观。

豫乐里30号。

那条弄堂一直在那里，甚至连长笙家门口的花坛，也还是记忆中的样子。

长笙记得自己放了学会在花坛边玩，那时候她喜欢从高高的花坛上往下跳，夏天的时候花裙子会在下降的时候一下子膨起来，好像一朵花。

为了追求那种感觉，她会一直跳。

现在再看那个花坛，明明是很矮的。花坛里的蔷薇花已经残败了，透露着夏天就要来临的信息。

"长笙，回家吃饭了。"

"哎，妈妈，我就来！"

一双筷子夹起一条鸡腿放进饭碗里。

"长笙，鸡腿给你吃，吃什么补什么。"那是爸爸的声音。

"长笙爸爸你也吃一个。"

"还是你吃一个吧，妈妈一个女儿一个，老爸我吃翅膀。"

"怎么，吃什么补什么，跑还不够快你还想加两只翅膀飞起来啊。"

"呵呵呵。"

这扇窗户在变成冰冷的社会新闻前也曾经飘出过一家人愉快的笑声。

长笙把玩着外婆给自己的戒指。

在爸爸辞职回家做股票以前，这个家曾经有过普通的幸福的。外婆把女儿女婿外孙女都安顿在自己家里，和和乐乐过了十几年，却没想到一个叫做"股票"的敌人抢走了她的生活。

一念之差步步踏错。

在老弄堂的深处，外公外婆置下的这间老房子，一直看在眼里。

几乎已经被遗忘的记忆，一下子胀满了长笙的心，二十三年，所有的一切都过去了，当年那个可怜巴巴的小长笙终于长大了，已经到了足够捡起回忆面对过去的年纪了。

在所有的恩怨随着冰冷的死亡烟消云散以后，只剩下她一个人。

长笙走上陈旧的木头楼梯，201 的门开着，有一对小夫妻正在里面吃饭，这就应该是她的租客了。

他们面对面坐着，那张木头的四仙桌，正是长笙小时候吃饭写作业的桌子，当初搬去新家的时候，爸爸妈妈全部买的新家具，这些老家具都留在老房子里了，是表示跟外婆一刀两断的决心吗？

现在他们三个人又见面了，还是到了那边也依然拒绝见面呢？

长笙忍不住笑了。

如果知道自己将不久于人世，很多执念都是可以放下的吧。

和家人在一起的时间，总以为是用不完的，但其实，生命会戛然而止，没吵完的架没讲过的问候，到时候就都来不及说出口了。

走出豫乐里 30 号的门，一个穿着校服的女孩子背着书包蹦蹦跳跳地回家，长笙目送着她走进去，门开了，温暖的灯光也扑了出来，门关上，又是一片漆黑。

长笙站在漆黑的老弄堂里，心里却变得越来越明亮和温暖了。

外婆留下的旧戒指被戴在离心脏最近的左手无名指上，这是她们家的血脉留存下来的印记，有一天她会把它留给她的孩子。

一定会有这么一天。

CHAPTER 07

麻油鸡：两难的选择

鸡汤很鲜，鸡腿肉却十分滑嫩。

"我用安吉的走地鸡熬汤，熬好以后这鸡已经很柴了，乏善可陈，于是我又用肉鸡的鸡腿爆炒一下放在汤里，喝汤吃肉，是不是很完美？"

那天，齐袂这样描述自己的作品。

长笙忽然发现，齐袂就像这鸡汤，内涵丰富却一定历经沧桑；而常霖头脑空空却天真开朗，就像这嫩滑的鸡肉。

但生活不可能是两全其美的麻油鸡。

长笙回到家的时候，天已经黑透了，当她疲惫地打开门，家里却是明亮的。

长笙心往下一沉，她以为常爸爸常妈妈还在家没走。

她瑟缩了一下，但长笙毕竟是长笙，她深深长吐一口气，走了进去。

该面对的就好好面对吧，和常霖，也需要有一个说法。

桌上，整齐地摆着碗筷，有人在等你吃晚饭，这种感觉，长笙真的是久违了。

她的心一下子柔软起来。

放下包，走进厨房，让她更加惊喜的是，厨房里忙碌的不是常妈妈而是齐袂。

齐袂在精心制作麻油鸡。看见长笙进来，很平淡地点了点头，说："你先洗手，马上有饭吃。"

长笙洗了手，进去换了宽松的家居服出来，齐袂将麻油鸡端上桌，轻松地说："给你送点营养餐。"

长笙笑了："好不好吃啊？比起营养我更喜欢美味。"

"这是麻油鸡。我们台湾人坐月子必吃的，对孕妇也特别合适。"

长笙乐不可支地说："你是不是听常霖乱讲了什么，我可没怀孕。"

是长笙的错觉吗？她感觉齐袂好像松了一口气，高兴地说："真的？"

长笙奇怪地问："你高兴什么？"

齐袂掩住笑意："只要你健康就好。"

长笙喝了一口汤："嗯，像小时候妈妈炖的汤，是老母鸡汤？很鲜。"

齐袂微笑地看着满足的长笙。

长笙放下筷子对齐袂说："小时候我们家吃饭，只要有鸡，爸妈都会把鸡腿给我吃，今天，我忽然想起他们了。你说的对，我们曾经也幸福过，只是后来忘了。"

齐袂递给长笙一碗米饭："吃吧，如果你愿意，我们可以天天一起吃饭。"

长笙何等聪明，齐袂的反应已经超过了一个朋友的范畴，他正在向一种新的关系突破。

她接过齐袂手中的米饭，心里有点迟疑。

现在的她，还没有准备好开始一段新的感情。

饭桌上的气氛，变得生硬起来。

常霖恰在这时打开门走了进来，他看见长笙，愉快地冲到她的面前："你这几天在忙什么，早出晚归，我几乎都没法跟你说话。医生检查下来怎么说？"

长笙回过神来，淡淡地说："没有。"

常霖愣住了："没有？为什么啊？"

长笙笑了："为什么一定会有啊？"

常霖伤感地叫了起来："这不公平，为什么我想要的总是没有？"

长笙站起身来，冷静地说："你打个电话给你爸妈吧，告诉他们这是假消息，免得天天劳动他们。"

第二天，常霖的妈妈还是来见长笙了。

长笙很喜欢常霖的妈妈，极其普通的圆盘脸，总是热情地给你夹菜，说话嗓门有点大，但不让人讨厌。

今天，常妈妈特地换上了新买的衬衫，头发也自己用电梳子整理出来漂亮的发卷，甚至，她还抹了一点口红。

在郑重其事做这一切的时候，常妈妈一直在给自己打气。

顾长笙，不是个好对付的女人，她不在乎钱，也没有家人，常妈妈没什么可以战胜她的武器，这也是她不喜欢长笙的原因。

太不真实了。

可是，为了儿子一辈子的幸福，她一定要跟顾长笙谈一谈。

长笙把常妈妈带到了工作室附近的一茶一坐。

常妈妈看看菜单，今天她决定买单，可五颜六色的图片，每一张都让她觉得昂贵，她是一辈子都喜欢在家里做饭吃的女人，但是今天不能示弱，咬咬牙，点了她最熟悉的西湖龙井。

长笙正要点单，听见常妈妈跟点单伙伴说："两只杯子。"长笙合上菜单，面对点单伙伴征询的目光，笑笑说："就先来一壶茶。"

常妈妈对长笙顺从的表现很满意，她觉得这是个好兆头。

"小顾啊，本来是我早就要来和你见面的，但常霖说他要自己解决，我就一直等着，但是，你今年也33岁了，不小了，我觉得一直这么拖着对你也是不负责任的，所以我没和常霖商量，就来找你了。"

长笙点点头，也不开口，等她说下去。

"小顾，你是个孤儿，常霖把你带回家的时候，我是很赞成你的，我们也就常霖这一个孩子，你嫁进来，我们清清爽爽地一家人，我是很满意的，但是，好好的，你又不结婚了，到底是为什么呢？"

"也没什么，就是觉得我还没想好。"

"小姑娘，这我就不明白了，没想好，你怎么就和常霖住在一起了呢？虽然说现在时代不一样了，但人的名声还是很重要的，我也搞不懂你们的那一套，我今天来就想知道一件事，你是以后还打算和常霖结婚的，还是并不打算和他在一起？如果你们打算结婚的，就去把证领了，如果不打算结婚的，你们就把房子卖了，大家放手，各过各的，好不好？"

常妈妈不算不讲理的人，她给顾长笙划定的这两条路也都在情理之中，但，长笙却没有办法选择。

因为，她没觉得自己不爱常霖，但又没到可以结婚的程度，有没有一种可能，一男一女就这么也不结婚经济上也互相独立地住在一起呢？

在法国留学的时候，她的老师就和女友在一起生活了二十年。

长笙知道跟常妈妈讲这些她是不能理解的。如果她自己的父母现在还活着的话，一定也不能理解。

随着和常霖住在一起的日子越来越多，她发现两个人的差距越来越大。

她喜欢把所有的东西都放在固定的位置，而常霖则喜欢让自己的物件在家里流浪。随手拿起来用过的东西就地放下来，再也不会把它收回去，因为没时间放回去，但这不妨碍他在下次要用的时候，花更多的时间去找。

各种生活上不契合的细节不胜枚举。

两人的作息时间也完全不吻合。

长笙不喜欢熬夜，早睡早起是多年来的习惯，常霖却是只"猫头鹰"，每天不熬到两三点绝不睡觉，一旦有了工作，熬通宵是常有的。

谈恋爱的时候不觉得，但住在一起就成了问题。还是以前恋爱的时候好啊，大家都选好了合适的时间，带着轻松的心情见面，一切都很美好。

24 小时坦诚相见，各种生活习惯都拿出来碰撞，爱不到一定的程度，就会碰得鼻青脸肿了。

可是，生活不是偶像剧，现实问题是，两个人联名买的这套房子把他们拴在了一起。

长笙思索着这些问题，常妈妈见她低头不语，急切地说："只要你愿意离开常霖，你开个条件，我尽量满足你。我知道你是个孤儿，你也不容易，所以，只要我拿得出，我都会补偿给你。"

长笙看了看常妈妈的脸，心里觉得悲哀。

一个人奋斗了那么多年，就是希望靠自己的力量清清白白地生活，可是在别人的眼里，她顾长笙到底是个怎样的女人呢？

难道一个人因为没有家庭的庇佑，就变成了别人眼里的洪水猛兽了吗？十年前，也有一个女人对她说过更加直接的话——你不就是为了钱才和我儿子在一起的吗？如果你嫁进我们家，我就是你的老板，你什么都得听我的，如果你接受不了，我也不会让你吃亏，你开个条件吧。

这是宿命吗?

一次次被别人质疑,难道我顾长笙的脸上明码标价了吗?

为了证明自己,在常霖的父母面前,她十分谨慎地应付着所有跟钱有关的事情,始终让自己站在完全独立的位置上,可是,他们依然没能把自己当成家人来接纳。

怎么说呢,女人有了孩子之后,往往会变得自私,眼里心里只有自己的孩子,尤其在孩子结婚前夕,这种保护的欲望会变得更加强烈,因为在孩子结了婚离开家之后,母亲对孩子的控制也就告一段落了,想到自己辛苦带大的孩子,从此跟别人一起生活,心里的不舍和不甘,让他们对孩子的婚姻变得十分在乎。

长笙没有父母,所以没有人站在娘家的角度来挑剔对方,平衡被打破,出现一边倒的局面,显得孤立无援。

所以,在上一次被人质疑的时候,顾长笙的反弹十分剧烈,她和未来的婆婆大吵了一架,带着受伤的心逃离了那场婚姻。

十年后的顾长笙已经不那么直接和激烈了,虽然心里十分失落,但她只是叹了口气,站起身说:"这么重要的事情,我需要认真考虑,如果你不放心常霖,可以叫他回家去住。"

说完她站起身来离开,留下常妈妈一个人面对那壶已经渐渐冷却的茶。

破天荒的,常霖回来吃晚饭了。

今天还正好有菜,齐袂做的麻油鸡在冰箱里,电饭锅里还有满满一锅剩饭,长笙和常霖第一次在新居自己动手准备了晚饭,又一起坐下来吃饭。

常霖拿出一支红酒,是两人在云南旅游的时候买的。

常霖去云南采风,长笙正好有空,就一起去了,在云南的一个小酒庄里,买了这一支没有品牌的私房红酒。

常霖为长笙斟上酒，然后在她面前坐下，笑着说："你还记不记得我们在丽江的四方街上卖唱的事？"

哦，是啊，那是一个美好的回忆呢。

那是他们在丽江的最后一天，清晨，长笙和常霖出去散步，广场上人不多，常霖忽然来了兴致，掏出口琴吹了起来，风把他的草帽吹到了地上，居然有一个小女孩走过来在他的草帽里放了一块钱。

渐渐的，围观的人多了起来，还有几个外国人和着常霖的琴声跳起舞来，然后常霖用草帽里的钱买下了一个小男孩推销的这支红酒。

旅途中总能邂逅各种故事，小男孩也就十一二岁的光景，他说他假期的时候去一个酒庄帮忙采葡萄，老板用酒作为报酬。

长笙直觉觉得这是一个推销的骗局，但常霖还是买下了这瓶酒。

常霖的好处之一就是善良，情人节推销玫瑰花的小女孩，街边乞讨的老人，他都没法拒绝。

长笙没想到常霖居然还一直收着这瓶酒。

常霖说："我一直藏着这瓶酒，想在我们婚后第一餐饭的时候拿来吃，我是个很容易相信别人的人，如果这瓶酒好喝，说明我的相信是有价值的。"

长笙看着常霖，他的眼神是澄澈而透明的，难怪他的妈妈会害怕别人伤害他，一个一直被人用爱呵护着幸福长大的人，也的确更容易相信别人。

常霖也不管长笙喝不喝，自己举起杯喝了一口，然后用夸张的表情说："哇，真的很好喝，干杯。"

常霖将杯中的酒一饮而尽。

长笙微笑地看着他，等他继续。

常霖的妈妈一定跟常霖见过面了，那么吃完这顿饭，常霖就要搬走了吗？

但，接下来，常霖忽然拿起酒瓶，一口气将瓶中的酒喝了个精光。

长笙惊呼一声夺下他的瓶子。

常霖却已经把酒喝光了。

然后他又来拿长笙的那杯酒。

长笙回身去抢，酒杯倒翻了。

长笙最终还是没喝到这瓶被常霖当作"相信"的酒。

酒的味道已经不重要，常霖要"相信"的决心已经表达得很彻底了。

长笙收拾完桌子，再回来看常霖，他已经倒在沙发上，醉了。

常霖不善喝酒，这一瓶酒够他睡一晚上。

长笙去常霖的房间拿一条毯子给他盖，常霖却一把拉住她的手，断断续续地说："我——相信你，我不想——离开你。"

说完常霖倒在沙发上，睡着了。

长笙看着常霖睡着的样子，他的脸胀得通红，那瓶酒的味道，成了一个谜，但常霖还是执著于他的"相信"。

如果不相信，他不会选择和长笙用这样的方式住在一起。

如果不相信，他不会还继续爱着这个从他的婚礼上逃走的女人。

如果不相信，他不会和他亲爱的母亲大吵一架。

长笙看着常霖熟睡的脸，有了一种心酸的感觉。

她对自己的心已经无可奈何了，这样单纯而执著的男人，为什么我的心不能更爱他一点呢？爱到义无反顾，爱到天昏地暗，爱到糊里糊涂？

可是看着醉倒的常霖，长笙清醒地认识到，自己的心里满满的只是感动。

是我一早就没有心动的能力了吗？

爱他，却没有到那种可以丧失自我的地步；爱他，却没有付出一辈子的勇气。

前几天，长笙看见一条社会新闻，一男一女因为家里反对他们恋爱，互相绑着双手一起跳河自尽，尸体被打捞上来的时候，的确还是牢牢绑在一起的，说明他们同生共死的决心。

可是，我会愿意和常霖一起绑着手去跳河吗？

是我的问题，我的心丧失了百分百投入爱的能力。

或者，谁是我可以同生共死的男人呢？

"如果你愿意，我们可以天天一起吃饭。"耳边忽然响起齐袂的话。

长笙的心更加纠结。

她想起了自己昏倒的那天，齐袂细致而温柔地照顾着她。

她又想起那天清晨喝到的那碗牛肉汤，齐袂熬了八小时。

这辈子，我有没有这么温柔地对待过别人呢？

这一晚，长笙梦见自己坐在一茶一坐新天地店的长台子边上，店里人流如梭，十分忙碌，长笙坐在桌子前面发呆，常霖坐在她的身边，长笙看见自己睡着了，然后身边的常霖也慢慢地靠了过来，最后，靠在她肩上睡着了。

长笙忽然觉得心动，她转过头细看，却发现靠着她睡着的居然是齐袂。

长笙急急地醒转，梦境如此真实，让她不由得提醒自己——这真的是一个梦，梦里的新天地一茶一坐已经关掉了，所以那种心动的感觉也只是梦而已。

长笙发现自己坐在餐桌边睡着了，家里灯全开着，室外已经大亮，沙发上常霖高卧不起，桌子上是一碗已经冷透了的麻油鸡。

长笙发现自己饥肠辘辘，于是她热了鸡和米饭。

鸡汤很鲜，鸡腿肉却十分滑嫩。

"我用安吉的走地鸡熬汤，熬好以后鸡肉已经很柴了，乏善可陈，于是我又用肉鸡的鸡腿爆炒一下放在汤里，喝汤吃肉，是不是很完美？"

那天，齐袂这样描述自己的作品。

长笙忽然发现，齐袂就像这鸡汤，内涵丰富却一定已被生活煎熬得历经沧桑；而常霖头脑空空却天真开朗，就像这嫩滑的鸡肉。

但生活不可能是两全其美的麻油鸡。

CHAPTER 08

火腿：寂寞的洗礼

　　土法制作的火腿，因储存了大量的阳光而变得活色生香。

　　这猪是自家养的黑毛猪，吃剩饭剩菜长大，每天还出门溜跶。过年前杀好以后，放在木头澡盆里腌，隔几天翻一翻，腌透以后就要放在太阳下晒，晒够了才会香，不然就变成普通咸肉了。

　　你别看它又硬又干，切开看看，里面的颜色红艳艳的，美得很。

　　这腿就像我的一辈子，看起来粗糙干硬，但内里是红红火火的。

　　来自山村的妇人的自豪语句，敲击着长笙的价值观。

晓微宣布自己要结婚的时候，长笙吃了一惊。

眼前的晓微，染了一头金黄的发，穿着超短蓬蓬裙，白色丝袜，粉红的漆皮靴子，活脱脱是日本漫画里走下来的少女，结婚这种正经八百的事情，难道也是晓微的梦想吗？

晓微的结婚对象就是那个和她在公司门口磨叽一个多小时分不出胜负的男生。晓微介绍说，他也是设计师，设计橱柜的。

橱柜设计师在闵行和松江交界的地段买了九十平米左右的三房，晓微把手机上的照片拿给长笙看，这个家装修得亮闪闪的，很有晓微的风格。当看见卧室里挂着蕾丝花边的床幔时，长笙不得不佩服晓微的想象力。

"你老公在这张粉红色的床上，睡得着吗？"长笙问。

"大男人累了一天了，管它什么颜色的床，不是都应该倒头就睡吗？你想那么多干什么？"晓微没心没肺地说。

"那我送你什么好呢？那只红宝石的戒指？"

"老大，拜托，戒指是应该他买的好吧？你折个价包个大红包给我吧。"

晓微哼着歌愉快地出去了。

这姑娘初中毕业就出来打工，长笙请她来做助理的时候，她已经干过不下十种工作了，洗头妹、快餐厅、咖啡馆、保险销售、卖衣服、房屋中介等等，这个城市有的是不需要学历的工作机会。

长笙认识晓微的时候，她正在一家饭店当服务员，每次长笙去吃饭，都能遇见她，长笙吃饭的时候喜欢喝一杯温开水，第二次去的时候，长笙还没有开口，晓微就倒了一杯给她。

隔了几个月没有去，再去时，晓微还记得她，而且还记得给她一杯温开水。

长笙觉得晓微有足够的智慧，所以邀请晓微到她的工作室来工作。

长笙记得晓微第一次来自己的工作室的时候，对橱窗里陈列的那些首饰赞不绝口，然后她问了一个很有趣的问题。

"我看出来了，你就是让我帮你看店嘛，对不对？可你店里都是些这么贵重的珠宝，你不怕一觉睡醒，我已经带着这些宝贝人间蒸发了？"

长笙笑笑："这些不过是花花绿绿的石头，我觉得你这么聪明的人，不会为了这些东西毁了自己的一生。"

晓微一拍大腿，对长笙竖起大拇指说："有眼力！我胡晓微还就是个讲义气的人，你相信我，我就能为你两肋插刀。"

这家伙，不知道都是看些什么江湖小说长大的。

一年多观察下来，长笙更加佩服自己的眼光。

晓微，是天生的销售员。

来过店里的客人，她都能记住他们的名字，而且，就好像一台扫描仪一样，客人对哪种类型的珠宝流露出兴趣，她都能记在心里。

长笙喜欢设计和制作珠宝，但并不善于跟人打交道，而晓微，恰恰弥补她的不足，所以，长笙也给予晓微足够的宽容。

店里本来给晓微准备了素色的套装作为制服，晓微穿上浑身不自在，于是长笙也就不限制她，谁知道，晓微将这种宽容利用到了极限，经常穿得极度超现实地跑来上班。

有一次她甚至穿着女仆装跑来店里。

那时候她正和一个喜欢 COSPLAY 的男生交往。

"我这里又不是咖啡馆，晓微，你不能穿点正常的衣服来上班吗？"那天，长笙忍不住说她。

"人家是来买你的设计，又不是买我这个人，你是对你自己的作品没信心吗？"晓微笑嘻嘻地说。

一个回合，长笙就败下阵来。

也许晓微是有道理的，那天下午有个男人来给他的老婆买项链，和晓微相谈甚欢，长笙听见晓微这样介绍她的作品。

"钻石算什么，你看看这颗蓝宝石，它可是古董，《泰坦尼克号》您知道吗？那里面不是有一块蓝宝石吗，多漂亮？等我长大了，我也希望有人送我一块那样的蓝宝石呢。我们设计师从普罗旺斯一个贵族老太太那里买来这块宝石，然后精心设计，做成一条项链，就是希望有真心真意的人拥有它。这位大哥，我一看你就是个真诚的人，送这个给你太太，她这一辈子只要看见这条项链，就会忍不住再次爱上你的。"

穿着女仆装的晓微将藏蓝色丝绒盒子轻轻举起来，放在男人的眼前，那种架势好像她真的是一个古堡里的女佣，在为她的贵族主人展示这件浪漫的礼物。

男人喜悦地点头，一脸憧憬地拿起盒子。

"有一点贵，不过这是世界上独一无二的项链，你看这链坠的形状，是一只手，我们设计师说，这就叫做捧在手心里的爱。"

男人的眼眶几乎要满湿了，他毫不犹豫地买下了项链，心满意足地离开了。

当初把这条项链摆在橱窗里的时候，长笙简单跟晓微介绍过，没想到她还真是厉害，不仅记住了长笙的话，自己还进行了升华。

这孩子，她用活生生的事例教育了长笙——人不可貌相。

长笙一直好奇，如此聪明伶俐的晓微，是什么样的父母教育出来的，借着晓微婚礼的机会，长笙见到了晓微的家人。

"你就是这个死丫头的老板啊？没想到这么年轻，听说你是从法国留学回来的？大知识分子啊，我们家这死丫头就是没文化，你只要愿意她跟着你，你不发她工资都可以。"

晓微带着她的家人刚一进门，长笙就听到了这么感恩戴德的一席话。

长笙细看，晓微带来的女人看起来60岁左右的光景，穿着一件运动外套，长笙看着眼熟，她想起这是她搬家的时候晓微从她的旧衣服里挑去的。

"这件我外婆穿正好，她不舍得买衣服的。"

长笙没有把旧衣服送给别人的习惯，只是准备跟常霖结婚的时候整理东西，难免要把一些不合适的处理一下。那天晓微自告奋勇来帮忙，临走的时候带走很多半旧的衣服鞋子，长笙倒觉得尴尬，晓微却无所谓。

"你这些衣服都没穿过几次，扔了多可惜？我外婆就喜欢捡旧衣服穿，没关系的，你的这些旧衣服，比她自己的衣服好得多呢。"

长笙也是在清贫的环境中长大的，在孤儿院的时候，也会有人送些旧衣服给她，可她一直是很抗拒的，情愿一年到头只穿校服。

今天，看见晓微的外婆坦然地穿着她的旧衣服走进来，长笙颇有触动。

人和人，看待事物的角度的确是会有巨大的不同，对自己的处境坦然接受泰然处之，也是一种强大的能力呢。

晓微的外婆一走进长笙的工作室，就大呼小叫起来。

"我的天，这一条项链够买两头猪了。顾老板，你真是好人啊，这么贵重的东西你放心交给我们家晓微，你算是看得起我们的，晓微，你一定得好好干，才对得起人家的这份信任啊！"

晓微的外婆是个瘦小精干的老太太，一开口先露出上下两排八颗牙，眼睛眯眯笑，头发梳成了麻花辫子盘在脑后，透着不符合她年纪的麻利。

晓微和她的外婆挺像，连讲话都是一路的。

长笙让晓微去街口买了生煎包来请外婆喝下午茶，老太太笑得合不拢嘴。

"顾老板啊，我听晓微说了，你没有父母，跟我们家这个死丫头是一样的。我18岁生了晓微她妈妈，这死女人比我还有本事，16岁初中毕业就被村子里的小流氓搞大了肚子，他们潇洒得很，孩子生下来，往我这里一丢，两个人跑出去打工去了。据说是去了深圳，在那边不到一年就分手了，她妈现在嫁了个广东那边的老头子，生了儿子，根本不回家，她爸更是不知道走到哪里去了。我辛辛苦苦把这死丫头带大，就怕她闯祸，如今她在你这里找到了正道，还在上海结了婚安了家，我今天死了都闭得上眼了。"

晓微外婆一边说着一边抹起了眼泪，长笙连忙把纸巾递到她的手上。

晓微正好提了生煎包进来，见她外婆在抹眼泪，嘟着嘴说："你又来了，又扯那些陈芝麻烂谷子的事情，我们现在日子过得好好的，想那些不开心的干什么？"

晓微外婆看见热腾腾的生煎包，立刻露出了笑脸。

长笙看着她一口水都不用喝，一口气就吃了四个，有一种很痛快的感觉。

经历了如此的人生之后，吃得下睡得着声若洪钟，这才是胜利。

看着眼前的这一对祖孙，长笙忍不住微笑起来，这样的人，在所谓的命运面前，是真正的强者。

他们不懂得什么大道理，言语中也绝对没有那些闪亮的词汇，可是他们的整个人看起来都是闪亮夺目的。

晓微的外婆在饱餐了一顿之后，从自己随身拎着的布袋子里，拿出来厚厚重重砖头一样的一块东西。

"你看我老糊涂了，这是我特地从老家带来送给你的，好东西，花钱也买不到的。"

礼物砸在长笙的玻璃茶几上发出"砰"的一声。

长笙吃一惊，连忙推辞："这么贵重的东西，你留着送给晓微的公婆吧。"

晓微外婆嘻笑道："我把这么如花似玉的女孩子都送给他们了，还需要送什么给他们？！这东西是我特地为你准备的，你看你，一副没吃饱的样子，这玩意管保能把你的胃口找回来。"

说着，外婆打开纸包，一块干瘦坚硬的火腿露了出来。

长笙吃了一惊，她没想到会有人送她一块火腿当作谢礼。

土法制作的火腿，因储存了大量的阳光而变得活色生香。

"这猪是自家养的黑毛猪，吃剩饭剩菜长大，每天还出门溜跶。过年前杀好以后，放在木头澡盆里腌，隔几天翻一翻，腌透以后就要放在太阳下晒，晒够了才会香，不然就变成普通咸肉了。"

晓微外婆郑重地举起那块火腿展示给长笙。

"你别看它又硬又干，切开看看，里面的颜色红艳艳的，美得很。"

晓微外婆把那块火腿认真地包好，又说："这火腿就像我的一辈子，看起来粗糙干硬，但内里是红红火火的。我就那么一个女儿，跟别人跑了，又养了这么一个外孙女，嫁到这么远的地方。这都是他们的命，所以我每天都吃得下饭睡得着觉，没做过什么害人的事情，我开心得很。"

来自山村的妇人的自豪语句，敲击着长笙的价值观。

对父亲的抱怨一直深深地埋藏在长笙的内心深处，父亲，虽然是给予她生命的人，但也亲手摧毁了她的幸福家庭，无数次，她在心里质问父亲——为什么要这么做？

害死了自己的妻子，无法面对自己的女儿，于是走上不归路，但同时也让自己的女儿掉进无依无靠的生活漩涡，这还是一个负责任的父亲吗？

长笙一直试图让自己忘掉父亲的样子，离开家搬进福利院的时候，除了自己的衣服，居委会的阿姨还帮她整理了家里所有的照片，用一个鞋盒子帮她装了起来，这个盒子，二十三年了，她没有打开过。

既然我成了孤儿，还记住那些干什么？

15 岁的时候，长笙在报纸上读到一条新闻——一男子因欠债无法归还，在家中米粥里放了毒鼠强，包括他自己在内的全家人都被毒死。15 岁的长笙当时的想法是：做得对，与其留下孩子不如把他一起带走。

不知不觉在这种怨恨中生活了二十三年，是谁剥夺了长笙的快乐？

长笙一直觉得是父亲。

但，也许另有其人？

晓微的婚礼十分世俗，倒香槟、切蛋糕、放烟火，一桌子的菜，鸡鱼鸭肉海鲜鱼翅，长笙总觉得下一道菜也许会是一只鸳鸯火锅。

这样的婚礼也足够热闹，小乐队奏着乐，还有男女歌手轮番上台献唱，演唱的曲目都是耳熟能详的手机彩铃。

白酒红酒黄酒雪碧可乐香烟喜糖，次第放到桌子上来，喜欢变身的晓微白的红的紫的金的，换了四套婚纱加礼服，她把婚礼当作自己的秀，乐在其中。

长笙想到她那间有着粉红色帐幔的大床，觉得她的洞房和蜜月也一定是风光旖旎的。

自小被父母遗弃的晓微，如此兴致勃勃地活着。

长笙不禁对她长大的地方充满了好奇。

晓微说，小时候外公外婆出去干活了，就用绳子把她拴在树上。有一次外婆回到家，见她和邻居的狗抱在一起睡着了，大家都来围观，当作一件乐事。

晓微的丈夫小陈是四川人，全家都在上海打工，母亲做家政，父亲做装修，供小陈上到大学毕业，现在又帮小陈一起还房贷。晓微和小陈的婚房里也留了公公婆婆的房间，不过公婆都没时间来住，小陈的妈妈做的是住家保姆，包吃住，小陈的父亲也跟着工程走，很少能回家。

长笙被晓微安排在主桌，坐在外婆边上。外婆很健谈，一直拉着长笙说话。

晓微外婆说，自家山上还有茶树、猪和鸡，老家空气好、水好、蔬菜新鲜，请她来上海她也不来，除非晓微添个大胖小子，她再来带孩子。

这些家常的话题，长笙很不擅长，多少年了，没有人跟她聊这些家常的事情。

外婆更在长笙的盘子里堆满了各种菜，还轻轻地说："这一桌子菜听说要一千多块，你们城里什么都贵什么都要花钱，难怪个个看起来都是没吃饱的样子，我知道你给晓微包了一个大红包，现在多吃一点，不然不是太不划算了吗？"

司仪履行那个例行的环节，父母长辈上台，小夫妻改口，小陈的爸妈和晓微的外婆都站到了台上，晓微改口叫公婆"爸妈"，小陈改口叫外婆，小陈的爸妈也一起跟着儿子改口，叫晓微的外婆"妈妈"，一屋子的宾客忙着拍手叫好，长笙却发现自己的眼眶潮湿了。

最近，变得很感性，有一点点让人感动的，竟会流泪。

晓微的婚礼之后，齐袂和常霖发现，这一次长笙是真的失踪了。

那天常霖醉倒了以后，沉沉睡去，起来就没有见到长笙，这之后，似乎就没有再见到长笙回来过的痕迹。

常霖走进长笙的房间细细检视，好像是少掉一些衣服，但常霖平时就是个比较不注意细节的人，那些衣服是本来就不在这里还是这几天集体失踪的呢？

常霖想了想，觉得是自己看错了，再看看，长笙的首饰和化妆品都还整齐地放在化妆桌上，鞋柜里的鞋子也都如仪仗兵一样整齐地排列在那里。

这些迹象表明，长笙没走远，也许是短途出差，也许有一些东西送去干洗了吧。

常霖记得在某次饭局里有人跟他讲过这么个心理学的段子，有个女人，去见一个男人，走的时候把手套忘在了男人的家里。这就是她自己的潜意识里还希望再回来见这个男人。

常霖对着长笙的房间伸了个懒腰，这里留存着这么多的身外之物，顾长笙能去哪里？

可是，接下来的好几天里，常霖出门进门，总觉得这个家和长笙在的时候有点不一样了。

以前，常霖和长笙也有过几天不照面的情况，不过每次回来的时候，常霖都会看见长笙生活过的迹象。

比如，阳台上会晾出几件衣服，常霖脱在鞋柜外面的鞋重新被放回鞋柜里，还有卫生间的毛巾，常霖经常把它随手挂在毛巾架上，但长笙回来过之后，毛巾会被展开晾好。

在这些方面，长笙是很有要求的，常霖离开时变得杂乱无章的地方，到长笙离开的时候，会回复原先整洁的状态。

常霖觉得这就是他和长笙之间互动的方式。

但这几天，这种互动不见了。

常霖感觉到不安。

那天喝醉了之后，自己说了什么做了什么让长笙不悦了吗？

长笙和常霖妈妈见过面的事情，常霖至今还不知道，所以第一反应他想起了齐袂。

谁说男人没有直觉？虽然说不清楚为什么，但一旦发现长笙去向不明，不知为什么常霖第一个想到的就是问问齐袂。

"师父，这几天你有没有见过长笙？"

齐袂也的确好几天没有和长笙见面和通话了，那天自己说过那句话之后，长笙一言不发，齐袂的心里百味翻腾，也许是自己太过激进了吧。

可是，人与人之间也许真的有一见钟情这档子事吧。

初见那天，他觉得顾长笙是个嚣张自私的女人，但在心里他还是忍不住喝彩——真美。很少有新娘子在盛装之下还有那么清新的脸。

大部分的新娘子都会画一个大大的浓妆，假睫毛，红唇，刷得煞白的脸。虽然美，但那种美总有千篇一律的嫌疑。

那天的顾长笙，却应了薄施脂粉淡扫蛾眉这八个字。

在蔷薇花墙下的第一次相遇，深深地烙印在了齐袂的心里。

后来，知道她的故事，是什么样的过往让她一次次逃离婚姻？

再后来，她穿着他的白色衬衣布裤子，一起去到她的童年，让他的心里充满怜惜。

当她躺在他的臂弯痛苦地呻吟着，他恨不得代替她去痛苦，这种揪心的感觉，把他自己都吓到了。

我的心也有这么柔软的部分吗？

为了理清思绪，他为她熬了那锅八个小时才熬得好的汤，尝着汤的味道，深深煎熬过的他，居然觉得幸福。

所以，不管面对什么样的问题，他都不打算放开她了。

可是，这样的情愫，他不知道该在什么时候向她倾诉。

这些天，齐袂一直在做菜，他把每一道食材当成生命中最珍贵的东西，细细清洗，然后给它们最温柔的烹调方式，以至于在煎牛排的时候，他发现自己居然对那块牛排说："接下来我要替你翻个面了，好吗？"

齐袂被自己吓到了，他居然对着牛排说话，是长时间的孤单和太过寂寞，他要疯魔了吗？恰在这时，常霖的电话到了。

顾长笙这一次真的是失踪了吗？

CHAPTER 09

白煮蛋：妈妈的温度

　　物质匮乏的年代，妈妈能够给孩子最好的营养就是早餐的白煮蛋了，不要以为煮白煮蛋很容易，每个孩子对白煮蛋的口感都有自己的要求，像长笙，最喜欢的是蛋黄最中心的位置微微有一点软但是又不是溏心的那种程度，如果蛋黄还是溏心的，或者已经煮到全熟，蛋黄完全粉了，她就会发脾气，觉得受到了极不公平的待遇。当然，这种小脾气也就只有在妈妈那里才有市场。

长笙在硬板床上醒过来的时候，首先听见的是满耳的鸟叫声。

　　昨晚睡得真好，完全没有梦，头刚沾枕头就睡着了，醒过来一点没有困顿的感觉，而且心里有一种好像今天会有什么好事情发生的感觉。

　　略一回神，长笙才想起，这是在安吉的山里，她住在晓微外婆的家里，而她睡的这张床，就是当年晓微睡的。

　　长笙坐起身，发现床前摆着一双新布鞋，看看床尾那双价值不菲的豆豆鞋，长笙叹了口气。这种所谓手工制作可以穿着轻松上路的鞋子，只限于飞机落地汽车接送直奔五星级酒店的那种"路"上吧。

　　昨天穿着它上山，石头硌得脚疼。而且一天下来就磨得面目全非。

　　长笙没有那种厚重的户外鞋，鞋柜里几十双鞋子几乎全是皮鞋，仓促离家的时候觉得这双鞋是最能走路的，没想到真的上路一个回合就败下阵来。

　　布鞋是手工做的，大概是从哪件旧衣服上裁下来的布料，有着暗蓝条纹的藏青土布，鞋型做得很秀气。

　　以前的女人做鞋缝衣煮三餐浆洗衣物，全靠两只手，想想那种生活真的是一天忙到晚，没有停歇。

　　当然，现在的女人开会提案应付客户，也是从早忙到晚，是另一种辛苦。

　　女人似乎就是注定要辛苦的呢！

　　长笙看看自己的两只手，修长白嫩，想到今天要帮外婆上山去拔草，不禁有点怯场。

正想着，外婆进来了，手里一只竹篮装着早饭。

长笙连忙下床，外婆在桌子上摆出碗筷和饭菜，长笙一看，米饭、火腿蒸豆腐衣，两个白煮蛋。

真是丰盛。

"外婆，我们一起吃吧。"

外婆摆摆手："我们都吃过了，老头子已经先上山去了，你吃好我们也赶紧去吧，中午日头大了就干不了活了。"

一边说一边给长笙泡一杯茶，手脚十分麻利。

长笙坐下来吃饭，回头一看，发现晓微外婆在帮她铺床叠被子，长笙连忙站起身去帮忙："外婆，我自己来，这样要把我惯坏的。"

外婆爽朗地笑了："女人没结婚都是小孩子，惯惯怕什么，我们家虽然穷，但晓微也是我从小惯到大，没让她洗过衣服做过饭，你们两个都是从小没有了父母的可怜人，更应该对你好一点。"

长笙被外婆推回座位上坐好，然后她面对着那一大碗白米饭为难地说："外婆，这太多了，我一个人吃不掉的。"

外婆笑笑："一会儿要上山去干活的，不吃饱手软脚软，什么也干不了。"

长笙很多年没有在早晨的时候被人逼着吃早饭了，心里一阵温暖，连忙拿起筷子。

火腿蒸豆腐皮的味道很香，外婆的确没有吹牛，这晒够了太阳的火腿看起来明亮红艳，十分诱人。豆腐皮是土法制的，豆香味十足，关键是够咸。农村人干活要流汗，所以对食物的咸度要求和营养师的标准是相悖的，但真的是开胃啊。

很多外国人到中国来会爱上中国菜，也许就是在营养的标准上背叛了健康之后才获取了快感吧。

长笙用火腿蒸豆腐皮的汤泡了饭，实在是太下饭了，一碗白米饭不知不觉就吃完了，居然还有意犹未尽的感觉。

外婆已经麻利地收拾完了她的床，这会正好走过来，满意地给长笙斟了一杯茶说："喝点茶，再把鸡蛋吃了，我们就走了。"

长笙喝了一杯茶，觉得甘爽无比，细看杯中的茶叶，淡淡的绿，叶形修长如凤羽。她记得晓微讲过，这是外婆种的安吉白茶，饭后喝滋味更加美妙了。长笙站起来擦擦嘴把两只鸡蛋收在口袋里说："外婆，我们还是先走了，这两个蛋留着饿的时候再吃。"

和外婆在山路上走着，口袋里的两只白煮蛋热热地烙着腰，长笙觉得这种感觉很熟悉。

"妈，我吃不下了，我走了，要迟到了啦。"

"那你把鸡蛋带上，小孩子要每天吃个蛋才聪明。"

"哦。"

上小学的时候，妈妈每天都会帮长笙煮一个白煮蛋带着，那时候的长笙觉得被妈妈逼着吃各种据说有营养的食物是一件让人厌烦的事情，没想到这种对话没有维持多久就结束了。

那天放学回来，家里没有人，长笙拿出钥匙打开门进去，看见家里乱七八糟的，那时候外婆已经去住养老院了，没有人会在家里等长笙放学。

长笙一直等到天黑，她觉得害怕，平时妈妈一定已经回来做饭了，如果有事情出去桌子上也一定会留了饭菜和字条，不会这么空荡荡地让长笙一个人等在家里。

在印象中，有妈妈的日子，只会觉得饱得没有胃口，什么都吃不下去，绝不会到了长笙已经饿透了还没饭吃啊。

天黑透了，才有一个不太熟悉的隔壁阿姨急匆匆跑来说："长笙，你跟我来，你们家出事了。"

天塌下来一样的大事。

爸妈都不在了。

据说居委会的人第一时间就去找了长笙的外婆，又据说外婆病得很严重，没有办法来处理这些事情。

那时长笙家已经买了商品房住进去了，如果还在豫乐里，老邻居们一早就来帮忙了，可是新房子一梯两户，对面人家只是点头之交，其余的邻居更是没有来往，又是出了那样的事情，那种清冷你可以想见。

邻居的阿姨给长笙泡了一碗方便面吃，晚上，长笙一个人开着灯睡在房间里，她觉得，这一切一定是个梦，等明天天亮了妈妈又会回来煮饭，然后，催她把早餐都吃完。

半夜里，长笙饿醒了，又想上厕所，实在睡不着了，她只能自己开了灯去卫生间上厕所。不知道为什么明明是自己的家，天天住的地方，她却觉得好怕啊。回来以后她就躲在被子里哭了，一直哭到天亮。

要是妈妈还在的话，该多么心疼啊。

长笙把手放进口袋里，握住那两只白煮蛋，微微的温度，让她觉得这就是妈妈的温度。

死亡就是这样，会在瞬间来临，不管你有多么的不甘心和不舍得，从此，你牵挂的一切，都与你无关了。

父亲买来没多久的房子抵充了债务，长笙能从家里带走的只是上课用的书、自己的衣物铺盖以及一大盒旧照片。

成年以后的长笙，很少给自己这种感伤的机会，明知潮水会淹没你，还不远远避开？

山路走得很辛苦，缺少锻炼的长笙很快就有一种气喘不过来几乎要窒息的感觉，而走在前面的晓微外婆，则健步如飞。

晓微外婆回头看看已经双手叉腰步履蹒跚的长笙，笑呵呵地说："老虎在笼子里关久了，腿就软了，让它去咬人也咬不动了。我们家晓微上小学开始就能帮我上山干活，现在难得回来，回来的时候也像你这样，爬山爬到要死一样，更别提干活了。"

长笙喘着气，走到外婆旁边，艰难地说："没关系，只要是老虎，多爬几步就好了。"

外婆大笑起来，茶山的空气十分清新，笑声也传递得很远，只听见远处外公的声音传过来："别说笑了，快过来帮忙，再不来我们就干完了。"

我们？

长笙和外婆狐疑地对望了一下，脚下更加努力地挪上山去。

茶园里，除了外公之外多了一个穿白色汗衫正在埋头拔草的人，听见长笙和外婆过来，他站起来直了直腰，说："好久不干了，还真是有点吃不消。"

清新的风吹过来，他的白汗衫显得分外耀目。

长笙诧异地叫了起来："齐袂，你怎么会在这里？"

要找到长笙，真的不难，只要去工作室问一下晓微，就会知道她的去向。

常霖比齐袂先找到晓微。

"我们设计师去采风了。"晓微跟来店的客人这样解释，"一直坐在这里灵感会枯竭的，所以她每年都要出去采风，你看这条名叫溪水的项链，就是她从九寨沟回来以后设计的，漂亮吧。"

客人低头端详那条项链的时候，晓微冲常霖眨眨眼。

客人走后，晓微得意地对常霖说："你要找我们长笙姐？她跟我外婆回家了。"

常霖见到齐袂的时候，轻松地说："她去乡下放松几天，很快就会回来的。"

常霖这些天正在为一个舞台剧做音乐，每天晚上都要去剧场报道，告别了齐袂，他就愉快地上班去了。

齐袂却有点坐立难安，认识长笙之后他体会到什么叫一日不见如隔三秋，他立刻收拾一些必要的物品，然后跟晓微要了地址，开着车就往安吉去了。

晓微的家因为一种茶而变得有名——安吉白茶。

"我们这里以前不是种白茶的，种的是龙井，那时候真是可怜啊，种茶做茶，辛辛苦苦地做出来，收茶的人三文不值两文地买走，却拿到杭州去当成西湖龙井高价卖给人家。我们自己都炒过茶，手上满是水泡，晚上就坐在灯下面挑，痛是痛得来。"

外婆一边说着话一边不停手地拔着草，手上的棉纱手套浸了草汁，变得面目模糊。

长笙也在努力拔着草，没一会儿两只胳膊就酸得要命，腰也累得直不起来。

"外婆，现在不是有除草剂吗？你们撒一点就不用这么辛苦了。"长笙敲打着自己的胳膊，缓解一下酸痛。

"哦哟，除草剂是不能用的，那东西有毒，吃到土里，再长到茶叶里去，你们喝到肚子里，你说危不危险？"

长笙又发现茶园的很多角落里挂着一种奇怪的灯，走过去细看。

外公走过来介绍说："这是太阳能灭虫灯，有了它可以减少病虫害。"

齐袂也走过来："这是最近换上的吧，以前我在福建的茶园看见的都是振频式灭虫灯，那个要拖电线，没有这个方便。"

"这个你也懂啊？"外公外婆立刻对齐袂有了好感，"你也是种茶的？"

"不，我是个厨师。"

"厨师好啊，手艺人到处有饭吃。"外婆趁机接上话茬："你是顾小姐的男朋友？"

齐袂笑笑，不说话，长笙有点脸热，也悄悄地走到一边，但晓微的外婆可不是那么好打发的，她继续盘问齐袂："你是上次她要跟你结婚又逃走的那个人？"

长笙心想，晓微跟她外婆还真是什么都说啊。

齐袂也不觉得尴尬，还是很礼貌地回应："不，那不是我，是我的朋友。"

"哦，那你来干什么？你朋友呢？是他叫你来的？"老太太一点也不含糊。

"不，我也想来看看，听晓微说了，我就来了。"

"我们这里又不是风景区，你们要看风景要去竹海风景区那边，我们这里除了山还是山，到处都种着茶，你们住在上海，还有什么没见过？"老太太拔草拔得厌气，之前多次找长笙聊天，长笙回应度比较差，现在正好抓住齐袂。没想到一回头，齐袂已经到了茶园的另一边了。

长笙也连忙闪开。

长笙和齐袂就好像有默契一样，在外公外婆面前，一句话也不说，那种感觉就好像约好了到茶园来见面的。

可是长笙的内心自然是被激荡了。

和常霖的妈妈见过面之后，常妈妈给她两条路选择：要么和常霖正式结婚，要么就分手不要再住在一起。

她想说——我不想和他分手，但我的心里又觉得不能和他结婚。但身为妈妈怎么能容忍这个建议呢？

长笙知道，问题不在常霖，在她自己，是她得了一种叫做"害怕结婚"的病，所以她选择离开上海，试着在更加自然更加接近内心的地方，治一治自己的病。

但她没想到的是，齐袂来了。

让她更没想到的是，她的心居然有一点点乱撞的感觉。

"我愿意天天和你一起吃饭"，这是一个提议，还是一种暗示？她和齐袂真的只能算是萍水相逢，难道，这就是传说中的缘分？

那么跟以前那几位呢？

也是由惺惺相惜开始，一步步动了心才走到那一步，只是他们不知道她真的有一种"害怕结婚"的病，但齐袂是知道的，他难道不害怕吗？或者，他抱着游戏的心态，想着反正这是个不用负责任给她婚姻的女人，正好排遣我的寂寞？

想到这里，长笙忽然怒火中烧，恨恨地看了齐袂一眼。

齐袂似乎感觉到了她刀一样的目光，抬起眼和长笙对视了一下，竟有点羞涩地笑了。

这个男人，看起来也不像是个骗子呢。

笑起来，有点羞涩，但又不像常霖那么单纯，好像还有点坏坏的，他可不是个简单的男人。

　　长笙在心里揣度着齐袂，齐袂却在劳作中感觉到了久违的酣畅淋漓。

　　他感觉到汗从身体的毛孔里飚出来的感觉，他的白色汗衫里面还穿了一件紧身背心，这会子实在觉得热了，齐袂想都没想，就习惯性地脱掉了汗衫。以前在工地上，他经常这样，甚至还会脱光上衣干活，体会一种踏实的成就感。

　　顾长笙又抬起头看了一眼齐袂，这一次，她正好看见齐袂在脱衣服。

　　然后，齐袂的胳膊上出现了一条龙。

　　龙的刺青。

CHAPTER 10

白茶：山的蜕变

　　安吉原来只是不被重视的茶山，有杭州的茶商过来，在当地收购茶青，按龙井的制作方法生产之后，运去杭州销售，打上龙井的牌子。后来有人在深山里发现一株变种，恢复了白茶这个品类，刚开始的时候有人用车子拉着茶苗在村子里兜售，但没有几个人愿意砍掉龙井的茶树去种白茶，第一年产出的白茶卖到两千多一斤，全村的人震动了，于是现在的安吉，满山都是白茶，过去那种寄人篱下的日子一去不复返。凤羽一样的白茶，带来的是凤凰涅槃一样的重生。

口袋里的两只白煮蛋没到十点钟就被长笙和齐袂分掉了，一干体力活，人的精神立刻振奋起来，胃口也回来了。出了汗，连皮肤的质感也通透了。

长笙和齐袂坐在田垄上，分享白煮蛋，外婆递了一瓶水给长笙，长笙一看，是一只洗干净的玻璃瓶，装了早饭时喝剩的冷茶水。

山里人是很节省的，他们虽然不懂什么叫环保，其实他们的生活是最环保的。一桶水先洗菜再洗衣服，洗衣服的水冲地。晚上吃剩的饭菜第二天早上热热吃了上山干活，一杯茶从早喝到晚，衣服也是反反复复穿到坏，早睡早起，连电能的消耗也是最低的。

一日三餐，除此之外几乎不吃零食。

上山全靠两条腿，干活靠自己的两只手。

不向地球索取额外的东西，吃饱穿暖就是最大的满足，在物质世界纠结太久之后，看看外公外婆的日子，长笙会觉得，一切的纠结都来自自己的内心。

一件衣服有什么当季不当季的区别？只要它的功能还存在，不就是可以穿的吗？包包更是无聊，它的功能只是装东西，不是炫富或炫品位。

想想，用一只包来彰显自己，本身就是最没有气质和品位的事情。

长笙喝了一口水，拿着茶水瓶子有点犹豫，齐袂一定也是需要喝水的，可是只有一只瓶子，两个人怎么喝呢？

齐袂却伸过手来拿了瓶子，很自然地喝了一口，叹了一声："好喝，你再喝。"

长笙的脸又有点发热，这家伙，什么时候已经到这么亲密的程度了？

有人说，恋爱中的女人，不管什么年纪，都会有一种小女孩的况味，长笙的羞涩是来源于新的恋爱吗？

不过，向来拒人于千里之外的她，却破天荒地拿起茶水瓶子也喝了一口，奇怪，竟没有什么嫌恶的感觉。

齐袂还是穿着那件汗背心坐在长笙的身边，胳膊上龙的刺青正对着长笙，长笙看了看，又看了看，还是忍不住问："这不是贴上去的吧？"

"不，18 岁的时候纹的。"

"那时候为了什么纹这条龙呢？"

"当时并不为什么，现在我想也许是父亲去世了，我想给自己一点存在感。"

齐袂轻轻摸了摸自己手腕上的刺青，笑了："你的反应不算激烈，很多女孩子看见会尖叫。"

顾长笙点了点头："我想你纹它们不是为了让女孩子尖叫的。"

"那时候，我自己很想大哭大叫，但是却发不出声音，父亲去世，我哭不出来，刺青的时候，很痛，也哭不出来。到母亲去世的时候，我已经不再努力去哭了。"

"我们都是看得见夜骐的人。"

"那说明我们都是魔法师，拥有改变自己的能力，不然怎么看得见魔法世界才有的东西？"

齐袂对答如流。

外婆从远处看着长笙和齐袂，经历过太多事情的老太太有着洞察世情的眼睛。长笙刚跟她回来的时候，总有一种心不在焉心神不宁的感觉，但自从这个小伙子来了以后，她好像安心了很多。

城里的人，关于婚姻有太多的说法，可在外婆看来，结婚不就是找个踏实可靠的人一起过一辈子吗？

过河的时候他能扶你一把，上山的时候他能帮你背东西，生病的时候有人端汤递水，不就行了？

在我们看来事业成功的海归珠宝设计师顾长笙，在外婆看来却是个年纪老大不小还没成家愁眉不展的老姑娘。

　　"要是我们家晓微也像她这样，我一定愁死了。"早先外婆带长笙回家的那个晚上，这样跟外公说。

　　外公笑笑。算是赞同。

　　中午，外婆炖了一只鸡，野葱炒蛋，咸菜烧老豆腐，又用干辣椒炒了一盘野笋。柴火铁锅煮出来的米饭，有种特别的香味。

　　长笙忍不住添了一碗饭。

　　长这么大，她一直是只吃一碗饭的，确切地说，那一碗饭也就是浅浅的半碗而已，可是，今天，她觉得胃里像有一只手在抓，让她产生强烈的要吃饭的念头，金黄的鸡汤散发的香气更是刺激她的胃口，好像她好久没有吃饭了一样，其实早餐她也吃了一大碗米饭呢。

　　饭吃饱了，人也乏了，外婆叫她去睡一个午觉，躺在枕头上的时候她还说，她从来不睡午觉的。但一分钟之后她就睡着了。

　　五谷不分四体不勤，人才会没胃口、失眠、精神抑郁，大脑是越累越兴奋的，用脑过度人就会睡不着。早睡早起，凡事都靠两只手去做出来，身体疲倦了，也就睡得香甜了。

　　午觉睡醒，长笙走到外面来细细打量晓微外婆家的风景。

　　绵延的茶山里十几间房子，没有围墙，也没有邻居，屋前屋后都是大树，银杏树、香樟树，浓浓的树荫遮蔽着屋子，显得十分妥帖。

　　上个世纪末，安吉原来只是西湖龙井茶区附近不被重视的普通茶山，有杭州的茶商过来，在当地收购茶青，按龙井的制作方法生产之后，运去杭州销售，打上龙井的牌子。后来有人在深山里发现一株变种，恢复了白茶这个品类，刚开始的时候有人用车子拉着茶苗在村子里兜售，但没有几个人愿意砍掉龙井的茶树去种白茶，第一年产出的白茶卖到两千多一斤，全村的人震动了，于是现在的安吉，满山都是白茶，过去那种寄人篱下的日子一去不复返。凤羽一样的白茶，带来的是凤凰涅槃一样的重生。

"外婆，你怎么想到会把家安在山里？"

"其实，这不是我的房子，是我老公弟弟家的。开始种白茶以后，他们家投资搞茶园，就把我们的茶山也一起租过去用，我们的村子在山下，采了茶再挑下山去做不方便，所以在这里起了房子，现在采茶已经结束了，山上就我们两个人，拔拔草，养养鸡，看看房子。到了采茶的时候，这些房子里要住二三十个人，热闹得很。那边空房子里还有做茶的匾和机器，你要是觉得有趣可以去看看。"

长笙走到大树底下才发现，有很多肥肥的母鸡在打盹，它们先用脚爪在土里刨一个坑，然后自己焐在这个坑里，悠闲得很。

山里的鸡不怕人，见长笙走过去，母鸡们也就是咕咕咕地在喉咙里威胁几声，长笙没有什么动作，它们也就动也不动地焐在那里。

一只大公鸡神气地踱过来，它的尾羽看起来是暗蓝发黑的，细看又有变化，见惯宝石的长笙看着它的羽毛，心想，这变化竟比宝石还要炫目，难怪小时候有个童话叫做《骄傲的公鸡》，这公鸡的羽毛还真是美丽啊。

大公鸡见长笙只是看着它，并没有什么动作，觉得无趣，把喙在地上磨了两下，又踱着方步走开了。

齐袂从屋里走出来，他已经洗了澡换了一身衣服，看见长笙站在树下，便慢慢地走到她的身边，和她一起站着吹风。

初夏季节的香樟树开着小花，有一种十分怡人的香气。

"有一阵子我曾经在南投一个茶园里工作过，山里的空气真好。"

"那为什么又离开了？"

"呵呵，山里太冷清了。山腰上有一座庙，庙里的老和尚养了一条狗，也不缺吃的，但狗后来还是逃到山下去了。"

"你是怎么开始做厨师的呢？"

"那要从我放弃上大学开始讲。高中毕业那年我老爸去世了，我就开始失控，反正一句话也讲不清楚，总之就是到社会上混小混混做的那些事情。"

"你说的是《艋舺》？"

"你看过啊？"

"没有，但那么红总听说过。"

"差不多吧。不过我遇到的人只是小混混，并没有真的可以换命的兄弟，每天喊打喊杀却是真的见血见肉的。我妈担心得要命，总是叫我找一份正经工作。我嫌她啰唆，干脆不回家。那时候也不是没挣过钱，我把钱寄回家，觉得是尽了我的孝心。"

"你杀过人吗？"长笙内心澎湃但语气淡淡地问。

"那还不至于，不过有一次被人追着砍，逃命的时候只能从楼上跳下去，一条腿断了。等我伤好回到家，没想到老妈已经不在了。"

"所以你才去山上种茶？"

"差不多吧，我寄给老妈的钱，她居然一分都没用，全存在那里，她跟我姨就是她妹妹说这是儿子拿命换来的钱，她不愿意用。"

"你不再打打杀杀，你妈也就放心了。"

"我没上过大学，能做的工作都是体力活，茶山的工作干了一年，我又回了高雄，正好看见有一家西餐馆找杂工，我就去应聘。有一天他们让我切菜，我用一把西餐刀切蒜片的时候，忽然有一种兴奋感，我决定做一个厨师。然后我发现自己有一种本能，吃过的菜我能试着把它做出来，于是我就从一名杂工慢慢变成了主厨。"

"可惜，你妈没能吃上你做的饭。"长笙感伤地说。

"不，你忘了吗，我从小就自己做饭吃，我妈放工回来也是我做饭给她吃，我妈在世的时候我只为家里人做饭，我妈走了，我把做饭变成了我的工作。"

"你又是怎么从台湾来到上海呢？"

"餐厅的生意越做越大，想到上海来开店，我就来了，来了以后又认得一个朋友，赏识他，就到他的公司工作。又也许，这里有我需要认识的人，我就来了。"齐袂意味深长地说。

长笙在心里暗暗笑了，一个会拿刀砍人的黑社会，是怎么蜕变成一个既会做菜又会讲话哄女人开心的男人的呢？

　　"你是个乐观的人。"长笙笑他。

　　"你呢？"

　　"我不算是悲观的人，或者说，我没什么观点，以前我只想靠自己活着，别饿死就好。现在，我想也许我应该找到新的目标才行。"

　　"如果你没什么目的的话，我有地方要去，你跟我一起去，怎样？"齐袂沉着地说，"那边住着我的一对朋友，我们可以去他们那里找找活着的目的。"

CHAPTER 11

庆元：繁殖的力量

　　"这在日本叫做舞茸，其实就是灰树花。这里应该没有野生的，可能是哪个菇农的衣服或鞋子上有菌种，而这里恰恰有一棵合适它生长的栗树。你不得不佩服自然界繁殖的力量。"

　　"这也有太多的偶然了吧。"

　　"那你说成渝和三盛是不是偶然？人与人由相识相爱到生育，成都的女人和庆元的男人都能遇到，你说偶然是不是很厉害？"齐袂站在长笙面前，忽然拥住了她。

满目的绿。

空气有种清冽的感觉。

抬眼看去，山上的树有着油亮的叶子，这是今年春天新长出来的，如今是初夏，是叶子最漂亮的季节。

对于久居城市的长笙来说，这是十分新鲜的体验。

很多人如果需要在自己的履历上写爱好的话，一定会写上——旅游。

但旅游对于长笙来说是奢侈的，很难想象，33 岁的她，是第一次自驾在浙江的山里。

在山里开车的感觉是会让人上瘾的，一侧是山坡，一侧是山壁，车子就在两车道甚至更窄的山道上前行，每一次转弯，你都不知道会看见什么。

六月初的山里，最是欣欣向荣，春天还未开完的山花会在不经意的时候忽然撞进你的眼帘，但很多不知名的野树上已经挂起了绿色的小果子，慢慢地，果子会变黄变红，变得柔软多汁，到时完全想不到现在的树果还是坚硬和酸涩的。

林间有好听的鸟叫，和你在城市里听见的单调的麻雀啾啾声和野鸽子的咕咕声是不同的，山林里的鸟特别会唱歌，歌喉十分婉转，才在这边山头听见它歌唱，转眼它已经掠过树梢，飞去无踪了。

长笙求学的时候住在孤儿院，上大学以后住在学校，那时没有多余的钱可以去旅游，能把学费赚足就已经筋疲力尽了。

毕业后恋爱的那位，十分现实，每天都忙着上班开会，一有假期就在家补眠，以便更有精力地投入下一阶段的工作，是十分刻板的人。

在法国留学的时候，长笙并不如别的留学生那么潇洒，可以去欧洲随意旅游，她的钱主要来源于奖学金，然后在老师的介绍下为一家品牌珠宝公司打工，那样的工作对于长笙来说是十分珍贵的学习机会，所以业余时间都放在工作上。

不过长笙是美术馆博物馆的常客，在法国，有太多值得看的东西，有时一张名画就值得细细端详半天。

当然也有艳遇，和她的第二次逃婚的对象在咖啡馆偶遇后，两人去普罗旺斯骑车旅行，看见令人震撼的大片薰衣草田，在大自然的震撼中心猿意马，莫名其妙地决定和法国帅哥结婚，一辈子在普罗旺斯当农妇。

幸好，教堂是让人清醒的地方，她选择回去，完成学业，继续顾长笙的路。

没有背景没有祖荫的人，没有浪漫的权利，不管不顾，只看着眼前，结局就是中年凄惨晚景凄凉。

长笙一直这样告诫自己，但今天，在山道上驰骋的时候，她忽然有一种渴望自由的冲动，人，到底能活多少年？如果明天就要死去，那么我的遗憾是什么？

所以，人需要旅游，离开自己熟知的环境，在旅途中回身去看自己过往的一切，就有一种旁观和对照的眼光，审视自己的内心。

一棵树，它不会去考虑生长的意义，只是自顾自地长着，该发芽的时候发芽，该开花的时候开花，在深深的山里，秋天的树都能硕果累累，这是它顺应四时获得的收益。

长笙和齐袂在黄昏的时候到达了月边山。

长笙很喜欢这个名字。

月亮的边上有座山，听起来会有童话故事在这里发生。

长笙在晓微外婆家住了几天，不想再叨扰下去，但又不想回上海。齐袂掏出一本黑色笔记本，检索了一下，然后说我知道一个叫月边山的地方，有很好的香菇。

长笙很好奇这本黑色笔记本是什么，看起来已经翻得有点旧了。

齐袂神秘地把它收起来，说："这是我的秘籍，这上面记录了关于食材的各种秘密。"

齐袂的朋友叫做沈三盛，是当地菇农的后代，皮肤黝黑，但透着精干，现在也在经营自己的香菇品牌，他的妻子成渝人如其名，是个温婉的成都女子，两人有一儿一女，姐姐小菇8岁，弟弟阿寮5岁。

沈家住的居然是木屋，成渝带着长笙参观，这是一种新型的木屋，木材经过碳化处理，耐火抗湿防震。

窗明几净的两层楼，一楼是客厅厨房客房，二楼是主人家的卧室和书房，每层楼都有卫生间和空调，还装了热水器和地暖。

二楼有阳台，站在二楼的阳台看出去，是美丽的山景，一楼用木板搭出了门廊和平台，平台延伸到院子里的树荫下，齐袂和三盛正在树荫下的石桌上铺桌布准备晚餐。小菇和阿寮在院子里追跑，还有一只猫在整理自己的毛。

真是天堂一样的景象。

这样的房子才真的应了那句——诗意的栖居。

上海人穷其一生为这样的生活奋斗，但遥远的山里过上这样的生活却不需要花费一辈子的精力，可是，你愿意离开，然后前往吗？

长笙在成渝的房间里看见一把小提琴，看得出是一把好琴。

见长笙的目光落在小提琴上，成渝微笑着拿起来："你喜欢小提琴？"

"不，我只是好奇，是你女儿在学吗？"

"是我的，曾经我是小提琴演奏员，在乐团工作，不过那已经是很久以前的事情了。这方面我花了很多工夫，但我的天赋一般，现在放弃了。"成渝充满感情地抚摸着小提琴，又温柔地把它放回去。

看得出，她和小提琴的故事，绝不是轻描淡写的几句而已。

长笙曾经在幼儿园的时候学过小提琴和钢琴，那时候上海的父母流行逼着孩子去学琴，爸爸当时在股市里颇有斩获，于是花大价钱买了乐器请了老师，想把长笙打造成淑女。

但好景不长，没有了钱，小提琴和钢琴抵了债，住在孤儿院里，这些更是奢望了。

长笙把自己对艺术的热爱转移到了绘画上，她的作品在市里在全国都得过奖，因为是孤儿，也更加受到关注。

不过，到了高中，她就发现了自己的局限，同年龄技艺娴熟的高手太多，大胆细腻风格各异，而她，却渐渐觉得吃力，所以才转学应用美术。

而且，画家，什么时候才能养活自己？设计师，总有地方上班。

每个人的身上，都有着童话破灭的一天，那就是当一日三餐遮头片瓦都需要自己两只手赚出来的时候。

如今，成渝的生活就像一部成人的童话，展现在长笙面前。

悠然的田园生活，可爱的一双儿女，超然物外的洒脱。

长笙在心里暗暗赞叹。

各有前程莫羡人，真让你嫁给沈三盛这样看起来十分草根的男人，你又会犹豫不决。人总是贪心，最好和张国荣恋爱和梁朝伟结婚，又有个船王做老爸。

但就算真有那样的人，却还是一样会郁郁寡欢，因为不满足。

晚饭是沈三盛做的，完全台式做法，人不可貌相。

香菇肉燥，牛肉汤面汤清肉烂，三杯鸡，用的是自己家的走地鸡。深山里哪里去买九层塔呢？三盛指指屋角，居然有一片小小的香草园，种着九层塔芝麻菜和罗勒这样的西式香草。

甚至还有新出炉的巧克力蛋糕。

席间，没什么话题，为了营造气氛，三盛开始讲起他和成渝的故事。

三盛和成渝相识在上海，那时一个是音乐学院的学生，一个是房屋中介，没上过大学的乡下小伙子爱上了拉小提琴的漂亮女孩，年轻气盛，立誓非她不娶。

"其实我真的是运气好，那时候上海的房价日日追高，我每天都在带人看房，几乎每天都能签下一张卖房的合同，我的收入靠提成的，可以说，那些日子我的身价绝不输给那些海归回来的白领。不然我可没有底气去追求她。"

"那怎么又会改行做厨师的呢？"

"她大学毕业以后我跟她回家去求婚，她爸说，你的工作是饱的时候撑死，饿的时候饿死，成渝的专业也不是什么稳定的职业，我怎么放心让她跟你走？我觉得她爸爸说得有道理，就决定学一门手艺，正好齐师傅找我办房子的事情，我一看，大厨师啊，就盯住他一定要跟他学，然后硬挤到他店里去做，我跟他说，我不学一门手艺，老婆就要跑了。齐师傅很讲义气，就收了我。"

长笙看看齐袂，齐袂正在跟阿寮比赛吃面，嘴里塞满了面条。齐袂故意鼓起眼睛装做输得很惨的样子，阿寮高兴得哈哈大笑。

"那时候你多大啊？"长笙看看两人的一双儿女，心想这怎么也是十年前的事情了。

"我啊，我 25 岁，她 28 岁。学了两年，算是出师了，我去成都给他们全家三十几个亲戚做了四桌菜，大家吃得开心，就把成渝嫁给我了。"沈三盛半开玩笑半当真地说。

"去你的，要不是你赌咒发誓写保证书，我爸怎么会理你。这个人哦，天天住在我们家不走，每顿要吃三碗饭，还喝酒，我爸和我妈一商量，再不答应，家里的酒都要被他喝光，可能还会被吃得破产，就只好牺牲我了。"

成渝和三盛两人都是那种嘻嘻哈哈的性格，也不知道是不是夫妻做久了互相影响的缘故，总之有了他们的调剂，一餐饭吃得十分尽兴。

但长笙注意到成渝吃得很少。

这么开朗的人也应该有旺盛的胃口才对啊。

饭后，长笙想去厨房帮忙洗碗，三盛把她推出来，这个家，好像所有的家务都由三盛一个人包了。

一瞥中，长笙注意到，成渝正站在厨房的水斗前面把一碗咖啡色的液体一饮而尽。

长笙走出来，看见齐袂站在树下吸烟。

长笙很诧异："你原来是吸烟的吗？"

"不，我不吸烟，这是三盛给我的，而且我需要放松一下情绪。"齐袂看起来很低落的样子。

"怎么，刚才还兴致勃勃的？"

"嗯，那是怕成渝看见。"

"说说看吧，我听着。"

"成渝已经是淋巴癌晚期了。三盛说医生判了死刑，他们还在努力。"

长笙惊讶得说不出话来。

看起来这么快乐的人，怎么会有这样的命运？

"其实，十年前成渝和三盛恋爱的时候，成渝就患上了淋巴癌，所以当三盛跟我讲他不管怎么样都要和成渝在一起时，我才会决定要帮他。"

"那孩子呢？是他们领养的吗？"

患癌症的人经过放化疗，生育能力往往会受到影响。

"女儿是领来的。他们结婚以后，成渝的淋巴癌算是治愈了，三盛说山里空气好，就带着老婆孩子搬回了老家，其实是为了小菇。他不希望别人一直议论她是领来的。说来也怪，住到这山里的时间长了，成渝的身体渐渐好了起来，居然怀孕了。连医生也觉得这是奇迹。"

"这是上天对他们的回报。可是，怎么又会复发了呢？"

"他们太疏忽了，医生要他们定期回去体检，但阿寮出生后，他们忙着照顾孩子和山上的菇场，一直没去过医院，直到去年，三盛跟我说成渝经常感冒，鼻子会莫名地流鼻血，我催他们到医院检查，才发现。"

"不过我看成渝的状况很不错啊。"

"她现在已经完全放弃了西医的治疗，请了杭州河坊街上的一个老中医开药吃，西医说最多六个月，可现在她已经又生存了八个月。"

长笙恻然。

一个人的生命如果已经看到了尽头，是度日如年，还是会大彻大悟呢？

"成渝自己知道吗？"

"知道。"

长笙恻然，一时之间竟不知该如何面对成渝。

幸好天黑了成渝就带两个孩子上楼洗澡睡觉，长笙才算松了口气。萍水相逢的人尚且如此惋惜，三盛的心里该有多少泪水啊。

但他，如常地照顾妻子看管孩子，似乎已经决定，不管发生什么，我们还是这样生活吧，一直走到不得不分别的那一天。

第二天，齐袂一早就进厨房去做饭，成渝请长笙帮忙，拍摄他们一家四口给小猫洗澡的视频。

三盛用中药白部煮了水，把小猫放在木盆里洗澡，小猫哀哀地叫着不愿意进去，成渝帮忙抓住小猫，小菇和阿寮蹲在旁边观战。

很快，小猫就被泡湿了，看起来好像被风干了一样，形状可怜。三盛把小猫的毛翻起来给孩子们看，只见里面一粒粒芝麻样的虫尸。

孩子们尖叫起来。

洗干净以后的小猫委屈地抖着身上的水，慢慢地又回复了神气的模样。

小猫甩水，甩了三盛一脸，成渝开心地大笑起来。

长笙把镜头推近，记录下她动人的表情，未来有一天，她的孩子悲伤委屈寂寞的时候，看见妈妈的笑脸，一定会获得治愈的力量。

下午，孩子在家午睡，三盛的妈妈过来照料孩子，三盛和成渝带齐袂他们去看菇场。

沈家的菇场在坡地上，段木堆放得十分整齐，没有用人工大棚遮荫，段木堆在树下，树荫正好给生长中的菌菇们最好的光线和空气。

齐袂和三盛去检视菇场，长笙和成渝坐在折叠凳上聊天。

"你看过网上流传的复旦女博士写的癌症日记吗？我看了，那个问题我也问过自己，为什么我会生这样的病，我也一样找不到答案，于是我想，这就是我的命。"

折叠凳是三盛放在汽车后备箱里，刚刚一路背上来的，这个看起来脸黑粗糙的男人对待病妻却是十分之细心。

"不过，有些人即使活过了漫长的一辈子，也不见得能得到你现在这样的快乐。这几天报纸上一直在介绍张爱玲晚年的信件，你看她年轻的时候爱了一个很不值得的男人，身后还被大家津津乐道，老年生活又没有依靠，何况她又是那样一个自爱的女人。"

"我想，人的一生能得到多少都是有定额的，得到一些失去一些，才能平衡，得到的太多了也许就把一生的好运都用完了。考进上海音乐学院让我和家人欣喜若狂，但进学校没半年就查出来生了癌症。那时候的我是很感性的，生了这种病，我觉得不如自我了断了，你知道吗，这是一个秘密，我是因为跳河自杀被三盛救起来才认识他的。"

"是吗？"长笙更加诧异了。在这个时候，她无端地想到了常霖。她和常霖的相识是因为一个小偷，偷了常霖的钱包，她正好看见。而在那之前不久，她刚被偷过，心里正充满对小偷的愤怒，所以不假思索地追了上去。

人与人之间的缘分，也是命吧。

不追那个小偷就不会认识常霖，也就不会认识齐袂，那么今天在林地里和成渝的这一场谈话也就不会成立。如果时间有平行线，那个没有去追小偷的长笙今天应该在做什么呢？

成渝，如果没有绝望到跳河自尽，又怎么认识三盛？

"若没有三盛，那时候我就死了。他把我救起来，送我回宿舍，第二天又来看我，还陪我去看病，他对我说，你反正打算死了，你的命就是我的了，所以以后你的人生由我来安排。"

"他是个很霸道的人呢。"

"嗯，他的性格比较倔强。你看我们这一块菇场，原来全是野草树藤，那藤的根挖出来有我大腿这么粗，都靠人力，虽然请了人帮忙，但三盛是主力军。三盛要回来养菇，他爸很生气，开始的时候根本不过问，也不许家里的人给他帮忙。三盛走了不少弯路。"

成渝给长笙看她手机里存的照片。

一片完全荒芜的林地，慢慢地被修整成平地，露出了泥土。

三盛在平地上搭起了大棚，因为缺乏经验，第一次搭好的架子居然是反的，又要拆下来返工。

好不容易搭好了，盖好了膜，一阵大风却把棚子吹坏了，再找原因，是因为架子搭的时候插得不够深，又返工一次。

"你看，这是我们第一次养菇的时候颗粒无收的惨状。大部分的菌丝长了青霉，没上霉的居然被白蚁吃掉了。我记得三盛为了装这些菌种忙了三天，长时间保持着一个姿势，忙完了他就站不起来了，趴在那边的地上，缓了很长时间才慢慢爬起来走下山。"成渝温柔地看着远处三盛的背影。

"那你们为什么一定要回来养菌菇呢？"

"三盛查了医书，他觉得我生病的原因就是大城市的污染，空气、水、蔬菜都让人不放心，他是为了我才决定回老家来生活的，我们卖了在上海的房子，一下子觉得自己有钱了。你别看我们那栋木屋，跟上海的房子比起来，造价很低的，不到五十万，却有两百多平米，我爸妈来住了都舍不得走。我们自己养鸡养猪种菜，三盛听说菌菇是抗癌的，但是外面的菌菇因为种植方法的问题，会有很严重的重金属残留，所以他决定自己种菌菇。而且，我们也需要收入来养大两个孩子，在这山里除了种菜养鸡还能干什么？"

一个男人，他活着的目的就是为了这个女人，实在是太过纯粹了。

不过老天对他的回报也是丰厚的。

"我们自己看书上网想养菇，实在是瞎子过河。后来，我们找了三盛的爷爷，跟他请教祖辈养菇的方法。以前的菇农是很辛苦的，养菇的季节要到深山里去住好几个月，三盛家好几代都是菇农，他爷爷那里有一套老法子，但又不舍得孙子吃苦。我和三盛只能跟他软磨硬泡，请了爷爷出山来指导。我有个同学在日本留学，又带来一些日本菌菇种植的资料给我，就这么坚持下来了。"

说话间成渝指着菇场另一端的一位老农："那就是三盛的爷爷，快90岁的人了，却没有任何慢性病，也许癌症真的是工业病都市病也说不清啊。"

长笙远远看去，三盛的爷爷比三盛还要黑得多，蹲在一组段木前不知道在检视什么，脸上的褶皱十分深刻，就像香菇里的菌褶，这样的老人他的一辈子又有着怎样的喜怒哀乐呢？

或许，在这山里，自然生长，只有四季，心里早就淡然，没有了贪嗔痴，也就没有悲喜交集了。

"那你呢？在这山里能适应吗？"

"说实话刚开始我几乎要疯了，我最怕虫子，这山里蛇虫鼠蚁真是一样不缺。我们的木屋还没建好的时候，我们住在他们家的老房子里，有天晚上我去开灯，那灯是拉线开关的，我一伸手，一根半指长的大蜈蚣就这么莫名地爬到了我的手上，我本能地把它甩到地上，一脚踩死，然后按耐不住地尖叫起来。

"还有老鼠，根本不怕人，才来的时候我见过一只像猫那么大的老鼠，乌溜溜的眼珠直盯着我，我吓得把手里的花卷丢给它，我自己跑了。"

成渝笑得合不拢嘴，长笙也深受感染，跟着笑了起来。

忽然，长笙的腿上一阵刺痒，俯身去看，腿上起了一溜的大包。

长笙疑惑地看着这些包，难道是过敏了吗？

成渝熟练地从口袋里掏出一盒风油精递给长笙："你挺招蚊子的。"

这是蚊子块？

长笙已经很多年没被蚊子咬了，但随着那种刺痒的感觉而来的是小时候用六神花露水洗澡的记忆。

"长笙啊，晚上睡觉前把蚊帐里的蚊子赶一赶哦，不然的话关一只蚊子进去好麻烦，它会盯牢你咬的。"给长笙洗澡的时候妈妈总会这样叮咛。

住在里弄房子里的时候长笙最怕蚊子。爸爸给她弄一盏台灯，吃好饭洗好澡就钻在蚊帐里写作业，席子还会在手肘上印出波浪一样的花纹来。

老房子里的夏天，是又让人高兴又让人烦恼的季节啊。

新房子，有了空调和热水器之后，四季也变得模糊了。

齐袂和三盛走回来，看见长笙腿上的蚊子块，齐袂忽然蹲下来，用指甲在她的蚊子块上掐出一个十字来，痛赶走了痒。

但蚊子块变成了奇怪的"田"字。

三盛笑着说："其实治疗蚊子咬最好的就是口水，涂上去马上就不痒。"

这是有道理的，唾液能杀菌止痒，是人在受到皮外伤的时候最安全的消毒液。我们一直随身携带着可以治疗自己的药，只是你没发现。

回家的时候，因为成渝不能太劳累，三盛开车送她回去，而齐袂和长笙决定走路回去。临走前，齐袂把一包东西神秘兮兮地放在后备箱里，又交待三盛："洗干净，等我回去烧。"

"这么难得的东西，当然等师父来处理。"三盛笑着挥了挥手，小农夫车绝尘而去。

长笙的脚上穿的还是晓微外婆帮她做的那双布鞋，走起来身轻如燕。

齐袂问她："要不要就这么在这里住下来？三盛有的是地方让你盖房子。"

长笙沉默了半晌，是真的在心里纠结了的，只是她又想起工作室巷口的那家港式茶餐厅，里面一例烧鹅和猪扒包，都是她的最爱。

"你呢？"

"第一次来的时候我真的很想留下，但我知道，如果身边没有在乎的人，住在哪里都会觉得无聊。"

"所以，我没有办法在普罗旺斯住下来，因为我不是成渝，而那个法国人叫做皮埃尔。"

齐袂大笑起来。

这是长笙第一次看见齐袂大笑，以前他的笑不过是展颜而已。

长笙看着他，也笑了起来。

两人一边聊着天一边走。

齐袂在一棵栗树下发现一朵硕大的灰树花。

他愉快地把这朵野生的灰树花拿在手里端详。

"这是什么？"

"这在日本叫做舞茸，其实就是灰树花。这里应该没有野生的，可能是哪个菇农的衣服或鞋子上有菌种，而这里恰恰有一棵合适它生长的栗树。你不得不佩服自然界繁殖的力量。"

"这也有太多的偶然了吧。"

"那你说成渝和三盛是不是偶然？人与人由相识相爱到生育，成都的女人和庆元的男人都能遇到，你说偶然是不是很厉害？"齐袂站在长笙面前，见长笙入神地看着他，心潮激荡，一把拥住了她。

长笙莫名地心跳加速。

"如果你没有逃婚，我们又怎么会在这里一起遇见这朵偶然？"齐袂在长笙的耳边轻声说。

长笙觉得面红耳赤，耳边被齐袂的呼吸弄得麻酥酥的。

齐袂一只手举着那朵灰树花，另一只手环着长笙的肩，没有预告的偶然之吻就这么降临了。

长笙闭上了眼睛，听见山林里婉转的鸟叫声。这和那天早晨叫醒她的是同一只鸟吗？

CHAPTER 12

大傻：偶然的美味

　　进山养菇的菇农最初是为了保护辛苦养殖的香菇才设下机关捕捉大傻，但偶然有人尝试了火烤大傻的味道，居然如此美味，于是大傻成了菇农的下酒菜，如今更是冠以"菇山香鼠"的美名。

　　抛荒地的野茶看起来十分粗陋，其实却是有机的，山泉水冲泡之后绽放出兰花般的香气。

　　这些都是偶然。

　　我怎么知道这个就是对的？下一个会不会更好？住在一起经济上怎么算？双方的父母怎么安排？房子呢？

　　狗熊掰苞米的故事不是童话，而是现实中女性择偶的实录。

　　如果浑浑噩噩随意抓住某个偶然，会不会也能品尝到至美的缘分之味呢？

心神不宁的长笙在下山的时候居然崴到了脚，虽然不是很严重，但一直紧紧抓着她的手的齐袂，还是把她背了起来。

齐袂不是很魁梧的男子，可是趴在他的背上，却觉得很安稳。

长笙想下来自己走，齐袂沉声说："山路上不要动，当心我们两个一起滚下去。"

长笙只好老老实实趴在他的背上。

"十几年前在工地干活的时候，背的是两百斤的水泥包。"齐袂在山路上走得飞快，说完这句话之后就再也不开口了。

长笙被他背着，心里有隐约的甜，但也有很大的不爽——什么人啊，把我比成水泥包。

你见过这么优雅的水泥包吗？

和这个男人在一起，智商会下降。

以前，常霖是个没心没肺的，所以长笙总觉得自己英明神武，装修房子的时候，常霖永远搞不清楚那些装潢材料的品牌、价格和功能，全是长笙在安排，久而久之，对他呼呼喝喝，也就成了习惯。

但齐袂却不是一个会唯唯诺诺的人，他只管按着他自己的节奏前进，并不会来问你的意见。

长笙审视自己，你是那个愿意被别人牵着手不管方向就出发的人吗？

一个人独立久了，要适应别人的节奏，真的可以吗？

虽然在这么美丽的山路上，被一个男人背着下山，是一件很美妙的事，但 33 岁的顾长笙却在冷静地思考。

是的，这是一种病，都市女性都容易得的一种病，她们因为见多识广而变得玲珑婉转，不那么容易被突如其来的浪漫冲昏头脑，所以她们会喜欢看那些极度意淫的穿越小说，在古时候，女人不用考虑衣食住行，只要单纯地面对命运为她安排的那个男人就可以。

女人，在这个时代，有强烈的选择恐惧症。

我怎么知道这个就是对的？下一个会不会更好？住在一起经济上怎么算？双方的父母怎么安排？房子呢？

太多的纠结。

狗熊掰苞米的故事不是童话，而是现实中女性择偶的实录。

顾长笙也是这样一个病入膏肓的人，被吻了，又被背着走了，多么言情偶像剧的场景，但她想到的却是常霖和齐袂的不同，以及他们谁会更加合适。

你可能会说，之所以会这么想，是因为两个都不爱，不不不，不是不爱，只是不够爱，为什么不够爱？因为有了选择和对比，这是人之常情。

姻缘因缘，需要太多因缘际会的瞬间去夯实人与人之间的结合。

成渝和三盛，如果不是在那种特别的情境中相遇，怎么会迸发出那样的火花？命运给了他们巨大的压力，让他们无从选择。

可是，大多数的寻常女子，过着简单平淡的生活，遇到的也是同样平凡普通的人，但心里燃烧的那团火，却无法就这样排遣。

童话、动画片、偶像剧，女主角都在跌宕起伏中遇见王子成就传奇。

但，王子在变成王子前常常是青蛙，你有没有慧眼？

又或者你遇到两只青蛙，你怎么知道一只真的是青蛙，而另一只会变成王子？还有更难的，一万只青蛙组成的海洋，每只青蛙让你问三个问题，你判断得出里面哪个才是唯一属于你的王子吗？

仙女，你到底在哪里？灰姑娘需要拯救，可是仙女说不定也在忙着相亲。

不要说顾长笙现实狷介做作，那些大龄的剩女和黄金圣斗士们，难道一直是真空，从来没有遇到一两个男人对你抛出"秋天的菠菜"吗？可你，情愿单着又犹豫彷徨挑选吗？

背着下山算什么？你能背我一辈子吗？

何况，我为什么要人背着？我是可以自己走下去的大女人。

齐袂背着长笙，觉得越来越重，那是啊，一脑子的心事，长笙也觉得心乱如麻。

其实，那些事情下山再去思考，现在先享受这种被人背着的幸福，不就行了？《乱世佳人》里的那一句你忘了吗——明天的事情等到明天再说。

幸好，很快就到山下了，三盛把成渝送到家，见两人良久未来，又开车来找，见齐袂背着长笙，吓了一跳，又听说是崴了脚，三盛暗暗好笑："这种桥段也会发生，师父这一次劫数难逃。"

三盛跟着齐袂三年，见过无数对齐袂紧追不放的女人，也奇怪，你越是沉默木讷拒绝，她们越是把打开你的心当成挑战。

师父这个人，有什么好啊，生活极度单调，眼睛睁开就去市场挑选食材，就算不买也一定要去看看，回来就在做菜。有一次三盛在齐袂家借宿，夜里，忽然发现厨房亮着灯，走去一看，齐袂正在煎一块肉，原来他在梦里煎一块牛排，老了，醒来久久不能平静，一定要完美地再煎一次。

这种人，遇见女人一副拒人于千里之外的样子，长得又不怎么高大威猛，可是你越是不愿意让人接近，人家越是要靠近过来端详。

阿弥陀佛，唐僧的肉为什么好吃？不一定是因为吃了可以长生不老，是因为永远吃不到吧。

但这个女子，师父看着她的时候，好像看着一块最上等的牛排。

这一次，师父可能要糟糕了。

长笙的脚崴得不太厉害，家里有急救箱，把伤脚用弹力绷带包起来，下地试了试，还可以，就是需要跳着走。

不过，这样的脚要开山路回去就有点问题了。

之前齐袂急着来找长笙，也是自己开车来的，长笙也开了车，要回去就得把车留在这里，过阵子再来拿，想想不如在这里安心住几天，等脚恢复一点再走。

成渝扶着长笙下楼去吃饭，齐袂正捧着一盆菜从厨房里出来，脸上有一种兴奋感。

"来，趁热吃，今天有你这辈子第一次吃的好东西。"

长笙细看，好像是三杯鸡，放了九层塔调味，颜色红亮，有米酒的香味，还闻得到甜甜的气息。

长笙对吃的东西并不狂热，市面上流行的小龙虾麻辣烫都在她的黑名单上，所以听说是没吃过的东西，心里就存了疑惑。

见长笙迟迟不下筷子，5岁的阿寮忍不住了，向碗里一伸筷子夹了一块出来，才吃了一口就大声地说："真好吃！"

"这到底是什么？"

"以前我们菇农用来招待贵客的，现在越来越少了，今天上山发现我装的夹子居然夹住了两只。长笙，你的口福真不错，这种野味你在野味馆可吃不上，而且今天是师父亲自下厨，这味道更是人间少有啊。吃吧，你看，阿寮吃了一块又去吃第二块了，再不吃可就没了。"三盛见长笙一脸疑惑，忙来劝解她。

三盛的话音刚落，小菇也夹了一块到碗里，津津有味地吃了起来。

长笙看了看，有点像兔肉，又有点像小仔鸡，盛情难却，就选了一块很小的肉放进了嘴里。

真的很香，这的确是一种没有吃过的肉，会是什么东西的肉呢？

在山上走了一天，还真的饿透了，这些天长笙觉得自己的胃口很好，不过路走得多，却没见胖起来，就放心地吃了起来。

今天还有三盛和齐袂从菇场新鲜采回来的香菇和杏鲍菇，齐袂用旺油把香菇炸酥，淋了肉汁，又把青菜氽烫之后围在四边，做成别具一格的香菇菜心，又用泡椒拌了杏鲍菇，最后上桌的一碗汤，长笙认得汤里的那朵灰树花，忍不住又脸红起来。

成渝不明就里，问长笙："你怎么了？脸有点红，是脚崴发烧了吗？还是哪里不舒服？"

长笙连忙解释："不不不，可能我不胜酒力，这菜里的米酒比较多，有点反应。"

成渝放心地笑了："是有对酒精十分过敏的人。我给你倒杯水来洗洗？"

"洗了就不好吃了，没关系，脸红红的也蛮好看。"三盛兴致勃勃地说。

齐袂也莫名地笑了起来。

难道他猜到了长笙脸红是因为那朵"偶然"？

一碗"第一次"很快就被大家吃光了，阿寮心满意足地说："今天吃得真饱，没想到这老鼠肉这么好吃。"

长笙耳朵尖，听见"老鼠肉"三个字，大惊失色。

平素，见到小龙虾她也觉得腻歪，因为有人告诉她小龙虾是细菌战的产物，喜欢生长在淤泥里面，很脏，所以她是从来不碰的。

老鼠，那岂不是比小龙虾更可怕的东西？

长笙的眼前立刻出现老鼠猥琐的样子，但那肉这么美味，让她无法产生想要呕吐的生理反应。

可刚刚红润的脸色还是变得煞白了。

"阿寮，你看你，叫你不要说你还是说漏了。"小菇像小大人一样教训弟弟。

阿寮顽皮地吐吐舌头，溜下台子，笑着跑开了。

"吱吱吱吱，我是小老鼠，呵呵呵，长笙阿姨怕老鼠。"

"阿寮，看我来抓你，喵——"小菇去追弟弟，也跑了出去。

长笙心里翻江倒海，但又不好发作。

这家人，搞什么鬼，请人吃老鼠肉，染上鼠疫怎么办？

在山里住久了把脑子住坏了！

三盛看见长笙的脸都吓白了，哈哈大笑起来。

"长笙，你不要怕，这不是普通的老鼠，是我们这里特有的菇山香鼠，这种老鼠它只吃香菇，所以肉特别香，我们这里的人吃这种香鼠已经吃了八百年了。"

以前的人上山去养菇，山深路远，交通不便，所以只能背一些生活必需品进山，一住就是几个月，食物十分缺乏，尤其是荤腥，更是稀有。

古时叫这种香鼠为大偏，它以山果和香菇为生，菇农在深山养菇，大偏自然闻风而动，菇农设了机关捕捉天敌，一定有人饿极了，把老鼠烤来吃，发现肉汁香美，于是这山老鼠就成了香菇寮里的一道营养美食。

菇农辛苦几个月回乡，没什么可以带回去的，就把这烤干的老鼠送给亲友，过年的时候是极好的下酒菜。

那时候的人对生活的要求不高，对地球的索取也十分有限，若是现在，发现鼠害，毒鼠强伺候，造成大堆有毒的鼠尸，还会毒害整个食物链，并且错失一道如此的美味。

与大自然能和谐共生，大自然也有回馈给你，破坏大自然向地球索取太多，我们就失去了干净的水、清爽的空气和安全的食物。

见长笙还是有点忐忑，成渝拿出一个瓷罐说："来，喝点茶清清肠胃就好了。"

"这是野茶，说起来也不能算真正的野生茶，以前计划经济年代的茶园，如今抛荒了，也没人管，深山里，也没人打农药，真正的有机产品，我们采回来用人家废弃下来不用的电炒茶锅自己炒着玩的，今年火候掌握得好，难得的好茶。"三盛站起身去拿杯子，齐袂走去厨房烧水。

最朴素的玻璃杯，野茶长而绿，但参差不齐，当得起"其貌不扬"这四个字。齐袂提来铜壶，将刚煮开的山泉水均匀地冲进去，茶叶翻滚了一下很快又落回杯底，茶汤澄澈明绿，空气中立刻散开一种兰花般的香气。

心里那一丝丝关于大偏的烦恶感也荡然无存了。

茶过两巡，三盛和成渝去抓两只小猴子洗澡，餐厅里只剩下齐袂和长笙。

长笙抚摸着玻璃杯，观赏里面乱草一样充满生命力的野茶。

齐袂看看她，她完全没有反应。

"喜欢今天的晚饭吗？"齐袂打破僵局。

"幸好你们没有提前告诉我那是山鼠肉，不然我一定是不敢吃的。"

"那样你就错过了。"

"我并不是以貌取人，只是在饮食方面我还是有点洁癖的。"

齐袂点点头："你的洁癖我了解。"

长笙忽然有点恼怒："你了解什么？我只有一个人，吃了不该吃的东西，就要一个人去医院，取药输液，都是一个人，你试过那种无助的感觉吗？"

长笙冲着齐袂嚷了一句，忽然想起，齐袂其实跟她一样也有清贫坎坷的童年，现在，也和她一样是孤身一人，这种无助怎么没有体验过？

"我的手机24小时开着，以后你可以找我，我陪着你。"齐袂温和地说。

"承诺，说出来都比较容易，但一辈子那么长，不要把话说得那么满。"长笙已经修炼到百毒不侵的地步，语言，很难打动她的心。

"你不吃这山鼠肉，你不会知道它的美味，你不喝这杯野茶，你也体会不到它的好。有的时候不要把事情想得那么明白，随遇而安，不就行了？"

"也许，你是有道理的。可我，还需要消化一下，我先去睡了。"长笙站起来一瘸一拐地走进自己的房间，齐袂想去扶她，她轻轻挥开他的手，自己蹒跚地走了。

这一晚，长笙梦见自己变成了一只猫，在丛林里捕捉山鼠。

早上，长笙醒过来，细细回味变身为猫时那种自由自在的感觉。

猫，是流浪的动物，它不属于任何人，作为主人的你，只是它人生的过客，不像狗，有了一个主人，就死忠于他。

长笙一直觉得自己是狗，所以在选择的时候分外慎重。

直到，她发现了猫的快乐。

难道是昨天吃了老鼠肉的缘故吗？

长笙走出门去，齐袂却不在，成渝从菜园里才摘了西红柿用竹篮子拎进来，见到长笙，扬起一只西红柿问她："早餐来杯西红柿汁怎样？我做了鸡蛋饼。"

"齐袂呢？"

"师父他昨晚接了电话，好像他女儿出了什么事情，赶回去了。"

他女儿？

他结婚了？

长笙感觉到一桶冷水从她的头上一直浇下来，冰冷彻骨。

原来，偶然真的只是偶然。

CHAPTER 13

细致：煮面的时机

　　煮面，曾经是长笙打的第一份工，老师傅教她，煮面是粗活细作，想要面条滑爽可口，加水的时机十分关键。

　　水沸腾起来，全面翻出白沫的时候，立刻打开锅盖加冷水，如是三次，面条就可以起锅。

　　大碗做好汤，面条直接捞进汤里，汤清面爽，口感最佳。

　　那时候长笙是大学二年级的学生，那一年煮了多少锅面条啊，这一辈子都不想再煮面了。

　　可是今天，她迫切地想为常霖亲手煮一碗面。

　　菌菇、鸡汤、银丝面，再放一根鸡腿在面条上，女人不会做饭没关系，只要在关键时刻能端出一碗热腾腾的面条，已经足够温暖。

出去的时候，因为想逃离，所以不知不觉会走很远，回家的时候会后悔，早知道是要回来的，何必不去近一点的地方？

一个人开车在高速路上，短短的几个小时觉得十分无聊，人生的旅途也是如此，如果家人不在了，即使有快乐的事情也没有人可以分享，痛苦的时候更是孤立无援。长笙一直在孤独的路上，知道孤独对人的伤害，所以这条孤独的沪杭高速让她觉得分外难捱。

嘉兴休息站，长笙接到了常霖的电话。

"你玩够了吗？要不要我去接你？家里乱得一塌糊涂了，你回来时要有个心理准备。"

"我已经快到上海了。"这种时候听见常霖没心没肺的声音，真的是一种安慰，长笙觉得自己又活了过来。

"那我今天不出去了，等你回来吃饭。"

"你做啊？还是出去吃吧，你先查查吃什么。"

有人在等你，回家的路便不那么漫长。

长笙打开收音机，听起了音乐。

　　我们背靠着背　听着彼此呼吸

　　生活开始　为你改变频率

　　我爱你　三个字　不分离

　　每分每秒　在一起

　　不管夏日艳阳　雨天等你

我爱你　三个字　不分离

你的眼神　太着迷

让我学会分享微笑　拥抱的甜蜜

没想到电台里播放的歌正是常霖的作品，她记得这是他在她生日那天为她唱过的《爱不离》。

没有心理准备，忽然在电台听见这首歌，汽车厢内，狭小的空间里，常霖的声线有一种不一样的陌生感。

说来也怪，常霖也经常会以歌手的身份出去演出，他的歌也会在电视节目中播放，但长笙从未在正式场合见过常霖演唱，有了这种距离感，这一次，常霖的声音显得十分有磁性，旋律间的感性显得十分温柔。

会有人因为听他的歌而爱上他吧，孩子气的笑容，孩子气的举动，孩子气的常霖，有着让人无法抗拒的可爱。

常霖的歌声抚慰着长笙的心，却让长笙更加心痛了。

那个让她随遇而安让她改变的男人，却在她决定有所改变的清晨，不告而别，一个人怎么可以如此不负责任呢？

长笙也因此更加觉得愧疚，在她逃离婚礼的那个清晨，常霖也该是多么气恼和心痛啊！

答应了和他结婚的女人，一走了之，而他，并没有错。

换个位置，你顾长笙能原谅逃婚的常霖吗？

可是，老好人常霖，他送来新居的钥匙，邀请无家可归的长笙和他同住，他在醉酒之后还执著于——我相信你。

在这种无比温柔的愧疚中，长笙回到了家，家里也的确很乱，常霖几乎把他所有的鞋都拿出来穿了，进门的地上，摊满了鞋子。

沙发前的茶几上，零食、果皮混乱地堆着，干了的衣服连衣架一起收下来堆在沙发背上。

再优雅的人，回家后你也得面对这些杂物，如果不亲自收拾，家里就会像爆炸现场一样糟糕，所以现在一个可心的家政阿姨变得越来越昂贵。

以往，长笙回到家会一边辛苦地收拾，一边教训常霖，不过，今天，长笙决定视而不见。

她走进厨房，烧水煮面，又用另一口锅加热成渝让她带回来的土鸡菌菇汤。

煮面，曾经是长笙打的第一份工，老师傅教她，煮面是粗活细作，想要面条滑爽可口，加水的时机十分关键。

水沸腾起来，全面翻出白沫的时候，立刻打开锅盖加冷水，如是三次，面条就可以起锅。

大碗做好汤，面条直接捞进汤里，汤清面爽，口感最佳。

那时候长笙是大学二年级的学生，那一年煮了多少锅面条啊，这一辈子都不想再煮面了。

可是今天，她迫切地想为常霖亲手煮一碗面。

菌菇、鸡汤、银丝面，再放一根鸡腿在面条上，看着风尘仆仆的顾长笙竟为自己端出了这样的一顿晚餐，常霖惊讶得几乎眼珠子都要掉出来。

"好吃！"常霖喝了一口汤。

"好吃！"常霖吃了一口菌菇。

"好吃！"常霖吃了一口鸡腿。

三个"好吃"之后，常霖将一碗鸡汤菌菇鸡腿面吃得精光，连汤都一滴不剩地喝光了。

"原来你出去这么多天是去学煮面了吗？"吃饱了的常霖更是一头雾水。

"我出去走走，学会一件事情，对不起！答应你的求婚又失信于你，对不起！我让你本来很快乐的人生变得乌烟瘴气，对不起！我让你在父母面前承受了巨大的压力，这些对不起我早就该说了，真的很对不起！"

长笙的温柔让常霖几乎红了眼圈，这个女人，让人提心吊胆地失踪了几天，是受了什么委屈又回来了吗？不然的话，心高气傲的她，为什么变得这么可怜兮兮的？

常霖想都没想就走上前去，抱住了顾长笙，轻声地安慰她："我们是一家人，不用说那么多对不起，只要你平安地回来了，我就放心了。"

长笙落泪了。

怎么搞的，最近变得这么感性！顾长笙，你还真是不长进啊！

长笙这样检讨自己。

但长笙的眼泪却让常霖乱了方寸，他不知道他心目中高高在上霸气嚣张的女王怎么一下子变成了会流眼泪的小女生，于是，他只能用他想得到的最直接的办法来解决长笙脸上的眼泪。

常霖温柔地轻吻这些泪珠。

莫名其妙地，他吻住了长笙的嘴唇，久违了的温柔的嘴唇。

常霖叹息了一声——在经历了那么多之后，我还是如此沉醉，为她不可自拔，只要还能这样拥抱着她，亲吻她，拥有她，有没有婚姻又何必在意呢？

顾长笙如果决定忘掉一个人，她就会忘得一干二净。

所以当齐袂出现在她的工作室的时候，她让晓微去接待他，看看这位客人有什么需求。

晓微惊讶得差点晕过去，这不是追着长笙姐去我外婆家的那位吗？怎么，长笙姐失忆了吗？

齐袂越过晓微，走到长笙面前。

"我来解释。"

"不好意思，这位先生，我们店里并没有叫做解释的珠宝。晓微，你带这位先生去看看我们陈列出来的产品好了，我出去一下。"

长笙挎起皮包，围上披肩，踩着高跟鞋，头也不回地走了。

越是这种时候，淑女的腔调越是要精致。

不能在他面前露怯，女人，有了这样的心思，说明你是有多在乎这个人啊。

齐袂连忙跟在她的后面。

"我知道我不应该不告而别,但我回台湾了,实在没有办法跟你联系,而且我真的是忙得没办法跟你联系。"

长笙也不开口,继续向前走,没想到脚下一歪,差点要摔倒。

齐袂连忙过来扶住她。

"你的脚没有好,为什么还要穿高跟鞋?这样会变成习惯性崴脚的,不然的话你穿我的鞋。"

"先生,我没打算和你一起演韩剧,我真的是有事情,现在我要去车库取车,我希望你不要再跟着我,我会很困扰。"长笙甩开齐袂的手。

何必呢?

走了就是走了,何苦又回来?这一次我不能再负了常霖,上一次是为了自己的迷惘,我还算问心无愧,这一次,既然我们已经复合,我绝不能因为一次"偶然"在他的心上再插一把刀了。

长笙头也不回地走了,齐袂看着她的背影,正要再追,手机响了。

"阿难啊,爸爸马上就回来,你不要乱跑!"齐袂咬了咬牙,掉头向另一个方向跑去。

长笙听见身后的脚步声,回头,正好看见齐袂离开的背影。

果然,他并没有诚意。

一连几天,齐袂都没有再出现,这一章,对于长笙来说,就算揭过去了。

但,常霖的问题变得很难解决。

"我们随便选一天就去把结婚证领了不就行了吗?为什么一定要办婚礼?上一次你那些亲戚不是已经来过一次了吗?我没办法再跟他们见面。"长笙一口拒绝常霖再办一次婚礼的要求。

"不是我要办,是我妈,她说在哪里跌倒就要在哪里爬起来。我全部安排好,你就到婚礼当天出个场,好不好?化妆师婚纱我全部搞定,我妈这个人你也知道的,就是好面子。"

"我不去,要办也行,我叫晓微替我去站台。"

"老大,你以为这是走秀啊?你结婚叫晓微去穿婚纱,千古奇闻!"

"不就是给你那些亲戚看看嘛，把妆画得浓一点，谁认得出来？认出来又怎么样？反正大多数人以后也没有见面的机会。好了，我困了，今天画了一天的图纸，吃不消了，这几天报纸上天天有白领猝死的新闻，你也早点睡吧。"长笙走进浴室，把常霖扔在了外面。

常霖没办法，只好跟他妈打电话："姆妈，你也为长笙想想，她脸皮薄，怎么会再办婚礼嘛，你要是真想办，这样好吧，我写个保证书给你，等我们小孩满月，大办满月酒，一定帮你把面子找回来。"

"不行，名不正言不顺，我就你这么一个儿子，凭什么酒也不摆就结了婚？不办酒也行，你们就这么同居吧，等你们有了宝宝的那天，我再把户口本给你去领证，现在想要户口本，免谈。"

老妈爽爽气气挂了电话。

常霖可不敢把他妈的回复告诉长笙，不过这也不失为一个好办法，好吧，那就努力造人。

偏偏之前担任音乐总监的那部音乐剧要去巡演，半个月的时间都不能在上海，常霖想叫长笙陪他一起去，被长笙一口回绝。

"你又不是小孩，出个差还要人陪啊？以后等你巡回演唱会的时候我一定陪你去哦。这两周我也忙得很，每天的日程都是排满的，你乖乖地自己去吧。"

常霖才走到门口，忽然一个瘦瘦高高的小男孩拦住了他。

"师弟，你是常霖师弟吧？"

常霖吓了一跳："你喊谁师弟？"

"我老爸是齐袂，你不是跟他学做菜吗，那叫你师弟有什么不对？"

"你是齐袂的儿子？我怎么不知道他结过婚啊？"

"你个奥特曼，不结婚就不能有小孩啊？还有，我是如假包换的小姑娘，是你的大师姐，你看我全身上下哪里有一寸像男人？"阿难把手插在腰上，很痞气地看着常霖。

常霖鄙夷地回击她："你全身上下就没有一寸地方像小姑娘，你看你，板寸头，飞机场，两条腿细得像麻杆，还穿这种完全没有设计感的格子衬衫和牛仔裤，你爸没钱给你买衣服啊？"

常霖看见长笙就变得轻言细语，但眼前这个不男不女还拽得一塌糊涂的小姑娘，却让常霖有一种在言语上尽情踩躏的欲望。

没想到刚刚还嚣张得上天的小家伙，听完常霖的话忽然趴在常霖的胸口嚎啕大哭起来："我真的这么糟糕吗？难怪他情愿要那个老男人也不要我，我费心费力装成男人的样子，可他还是不搭理我，我不活了，我要去死啦！"

眼泪鼻涕全揉在常霖的衣服上。

常霖被这种状况吓到了，他只能一手抓住她，免得她歇斯底里被车道上的汽车撞翻，一边掏出手机打电话给齐袂。

"师父，你那个怪兽女儿在我这里，你要不要快点来把她带走啊？"

"阿难在你这里？太好了，我到处找她，你把她留住，我这就过来。"齐袂明显地松了一口气。

听见常霖打电话给齐袂，阿难止住了哭声，忽然换了一种凄厉的神色说："你这个叛徒，居然打电话给我爸爸告密，我要代表月亮消灭你！"

说完就狠狠踢了常霖一脚。

常霖被她一脚踢中小腿骨，痛得要命，但右手还是紧紧扣住她的手腕。阿难挣了几下，挣不脱，干脆一屁股坐在地上，耍起赖来。

"我还没有成年啊，我不能跟你去开房，大叔，你放过我吧。"

她的声音又清又亮，穿透力很强，引得路人侧目，渐渐的也开始有人围观。

"要不要报警啊？这是情侣吵架还是真的劫色啊？"

"可是这不是俩男的吗？"

"这你就不懂了，现在男的也有劫男色的，我看我们还是打电话报警比较好。"

常霖几乎面无人色，只能尴尬地解释："不用报警，这是我朋友的小孩，跟我开玩笑的。"

"我不认识他，我刚从台湾来的，没想到你们上海治安这么不好啊，这位大叔说认识我爸，我就跟他走了，没想到他要带我去开房！"阿难伶牙俐齿，几句话说得众人心动，一起不信任地看着常霖。

常霖的汗都要下来了，他对着阿难大叫："要不是你爸叫我留住你，我才不管你，既然你这么说，好吧，我放开你，你走吧！"

常霖放手，同时尴尬地跟众人解释："你们看，我是真的放开她了哦，你好走了。"

"我的行李还在你这里，里面有我的钱和台胞证，你还给我我才能走。"这下换阿难拉住常霖。

常霖气得血管都要爆了："这明明是我的包，怎么变成你的了？"

"有种你拉开包包的外侧带，里面有我的台胞证，你敢不敢打开？"阿难带着挑衅的神色满脸泪痕地笑着说。

"好，我就给你看看。"

常霖打开包，里面真的有一本台胞证，上面写着齐阿难，照片上的阿难长发披肩，清纯可人。

常霖惊讶之极，但随即大笑起来："这是我侄女的台胞证，大家看看，这是她吗？你小子不要再胡搅蛮缠了，你爸说你游戏玩多了神经不正常，叫我看住你，你还跟我捣乱？现在的小孩子真是吃不消啊。"

围观的众人点头称是："就是，我儿子一天打八小时游戏，饭也不吃澡也不洗，也是这样神经兮兮的。"

"什么人开发的网络游戏，真是害人不浅。"

"小朋友，赶快跟你叔叔回家吧，别再调皮捣蛋了。"

"个种小宁，就是要送至集中营里厢关起来，让伊拉跑步劳动，强制性地戒网瘾。"一个老太太慷慨激昂地用上海话说。

阿难完全听不懂，但被上海老阿姨的气场镇住了，一下子不知道该怎么胡闹下去。

齐袂恰在这时赶到，一迭声地抱歉。

阿难看见齐袂，换上一副乖乖的嘴脸，站在一边不开口。

齐袂问她："你怎么跑到这里来了？"

"你不是说你有个做音乐的朋友吗，所以我想跟他见见世面啊，就来找他了。"阿难委屈地说。

常霖看着她，恨不得狠狠敲她的头，见世面？这孩子还真是让人见了世面。

"师父，你这个宝贝女儿是吃什么长大的啊？"

"我也不知道诶，她一直跟着妈妈外婆住，她妈结婚以后，就由外婆管她，初中毕业就不肯上学，前几天忽然说台湾住不下去了，要到上海来，来了以后就到处乱跑，跑得迷路了就找警察，这几天我派出所都去过五次了。"

齐袂也是一脸疲倦。

"哎呀，我迟到了，我要赶去南京出差，你好自为之。"常霖同情地看着齐袂，脚下就打算开溜。

没想到阿难对他却产生了莫大的兴趣。

"爸爸，我跟常叔叔去南京玩，好不好？我从来没去过南京，我想去看，去看——"阿难眼珠子乱转，有了主意，"我想去看中山陵！"

"可我是去工作。"

"你去干什么工作啊？"

"我跟你也讲不清楚，反正不能带小孩子去就对了。"

"爸爸，你跟常叔叔讲嘛，我会很乖，不捣乱，我会自己买张地图去玩，不给他添麻烦，反正如果常叔叔不带我去，我就自己去，上海到南京火车很方便的，对不对？不然我自己开车子去？"

阿难半威胁半央求地看着齐袂。

齐袂只能转而恳求常霖："你先带她去，我把手上的事情交待好就去南京找你们？"

"拜托，我是去工作的，没办法帮你当保姆啊。"常霖很为难，这个混世魔王一样的小姑娘，带去剧团还不得天翻地覆？

齐阿难转而拉住常霖的袖子，低声下气地说："常叔叔，对不起，我刚才不应该作弄你，我错了，我跟你去南京，不用你给我做保姆，我做你的助理好不好？我帮你拎包。"说完自说自话拿过常霖的包，开步就走。

常霖啼笑皆非。

阿难见常霖不动，回身对他大叫："快点，迟到了的话，大家会怪你的。"

这家伙，迟到都是因为谁啊？

常霖真怀疑齐阿难是表演系毕业的，一到剧团，她就帮导演拿椅子倒开水，夸奖女主角漂亮，吃饭的时候帮剧务发盒饭，俨然是乖巧伶俐勤劳的小天使。

晚上，制片主任特地帮她安排房间和管梳化的张老师住在一起，第二天一早，张老师就跟常霖说："你侄女真乖，现在这么懂事的孩子哪里找去，我说我肩膀痛，她就来帮我按摩，今天起来我就好多了。这孩子，好！"

一回头，常霖看见阿难穿着白T恤蕾丝短裤笑嘻嘻地走了过来，一边走还一边跟餐厅里的剧团同事打招呼，她也真好记性，这个哥哥那个姐姐，分得一清二楚。

"你身上衣服哪来的？"常霖忽然发现一身白的阿难有点台胞证上那种清纯可人的感觉了。

"玉洁姐姐借给我的。"阿难指指女二号徐玉洁。

这个二号是个出名难剃头的家伙，没想到也和阿难成了闺蜜。

"你什么时候去中山陵？去过了我就送你回家。"

"不用你陪我去啦，我又不是小孩子，小李哥哥说他今天没事，可以陪我去。"阿难手一挥，剧组的司机小李笑嘻嘻地走了过来。

"小李是全组的司机，要是有谁要用车怎么办？你不要这么不懂事。"常霖低声教训她。

"没事啦，今天本来我是跟玉洁姐的，她说她有朋友来，有车，用不着我，所以我就空出来了，常老师，你放心，我一定照顾好阿难。"

这就已经叫得这么亲热了？常霖还记得上一次为了用车的事情，玉洁和副导演吵得不可开交，这个阿难，怎么把她搞定的？

"昨天我给玉洁姐做了一次排毒按摩，她说很有效果，晚上还想我再给她做一次，怎么样，你佩服我吧。"阿难好像看出了常霖的心思，在他耳边得意地嘀咕。

"你小子以前是干什么的啊？"常霖压住声音问。

"我妈做过按摩，所以我很懂这个，你有没有哪里不舒服，我也给你按按？"阿难贼忒兮兮地说。

正好齐袂打电话来询问阿难的情况，常霖就势把电话交给阿难，只听阿难很乖地说："爸爸，这边的哥哥姐姐对我好好哦，你放心啦，还有，你有没有跟人家解释清楚啊，你也老大不小了，再不给我娶个妈回来就没机会了。加油！"

说完她得意洋洋地把电话扔给常霖，跟小李勾肩搭背地走出去。

常霖看着阿难的手，威胁地看看小李，小李连忙把阿难的手从自己肩膀上拿下来，毕恭毕敬地走了出去。

常霖嗅到了八卦的味道，怎么，齐袂在谈恋爱吗？认识齐袂这么多年没见他传过绯闻，这个撞倒了冰山的女人是谁？

CHAPTER 14

奉献：疫期的烤鸡

晓微鼓掌大叫："太棒了，禽流感之后我都好久没有吃鸡了，外面的不敢吃，家里自己做，我跟我们家胖子谁都不愿意献身，齐师傅，还是你有奉献精神。"

长笙奇道："一只鸡跟奉献精神有什么关联吗？"

晓微像看外星人一样看她："你不看报纸不上网吗？这一期的禽流感加热是可以杀死的，但有几个接触过活禽的都已经一命呜呼了，你懂了吧，吃煮好的鸡是没问题的，但像齐师傅这样接触过鸡的人却会有生命危险呢。他居然冒着生命危险帮你去烤鸡，我们家胖子可没这觉悟。哇，我真是太感动了。"

常霖怎会想到，齐袂正守在自己家的楼下等待长笙。

齐袂也不知道长笙和常霖已经复合，他只知道自己的不告而别一定伤害了顾长笙，所以必须要解释清楚。

长笙穿着白色真丝西装、黑色真丝短裤，踩着超高跟的珠片鞋挎着一只杀手包神清气爽地走下楼来。

今天，她还戴了一只自己设计的水钻发饰，看起来很有闲情逸致。

齐袂觉得长笙的心情不错，连忙赶上去堵住她的路。

"我女儿出了状况，我赶回台湾去了，这不算杀无赦的罪名吧？"齐袂拉出长笙的手。

长笙想把手从他手里挣脱，齐袂却握住不放。

男人怎么会没有握住女人的力气呢？看他有没有决心一定要抓住你而已。

"我知道了，你有个女儿，你既然结了婚还来骚扰我干什么？我喜欢逃婚，不见得就愿意重婚。"

说完自知失言，人家又没跟你求婚。幸好齐袂不是喜欢在言语上钻空子的人，只是自顾自解释。

"谁说我结了婚？我生她的时候自己还不到 20 岁，是个屁都不懂的毛孩子，她妈当时也不过 17 岁。"

"那很好啊。青梅竹马。"嘴上抱怨着，但心里已经明白那属于过去，长笙有点释然。

但，就算有家事要回去处理，打个招呼解释一下的时间都没有吗？

"不像你想的那样，如果你愿意，我可以细细告诉你，一起吃午餐，怎么样？"齐袂依然紧紧抓住长笙不放。

"好啊，中午我在工作室，你送我和晓微的便当来。现在请放开我的手，我要走了。"

长笙想起上次的便当，故意给齐袂出题。

齐袂却不觉得为难。

"我送你。"

"齐先生，我不是小女生，我自己可以开车。"

"你的脚好了吗？"

长笙白了他一眼，明知故问，能从庆元开回上海，难道还不能开去上班？

"等阿难回来，我带她来见你，她跟常霖去南京了。"齐袂讪讪地说。

长笙在心里冷笑一声，哼，居然连常霖也知道齐袂有个女儿，还这么热络地带去了南京。这些男人，到底藏了多少秘密？

正在不爽，常霖的电话来了："你不在家啊。"

"怎么，查岗吗？"长笙迁怒于他。

"一大早你就不高兴啊，是不是那个来了？"常霖想当然地觉得，我又没在家惹你，你凭空地不高兴，总归是生理原因。

忽然电话里传来一个穿透力很强的声音："你怎么可以这样讲，是个女人都会生气啦。"

常霖的声音："你懂什么，你又不算是女人。"

"我怎么不是女人，你要不要验验货？"

电话里吵成一团，长笙听不下去了，直接挂了电话，关机，上车，把电话那头的常霖和路边站着的齐袂统统晾在一边。

女人，有自己的地盘，心里不爽的时候可以去，是件愉快的事情。

走进工作室，窗明几净，晓微已经用透明的双层玻璃杯帮她泡好了今年春天新上来的安吉白茶。

修长的凤羽一般的青叶在杯中舒展，淡淡的香气充盈鼻端，暂时把这些臭男人和他们的那点破事丢在一边，松一口气。

这几天常霖不在家，长笙一个人住在新居里，有一种强烈的自由感和满足感。难怪很多女人有了自己的房子之后，对于结婚的兴趣会越来越淡。男人的生活能力差，住在一起总会产生各种垃圾和混乱，爱他的时候是一种小甜蜜，习惯了之后决定了之后就会变成一种咬牙切齿的厌倦。

为什么他们的鞋子特别的臭？为什么每天都洗头洗澡，枕头套还是会有一片油黄？于是，每周要换寝具，每天要打扫卫生，人走了，留下一地的鞋，你刚涂完护手霜，发现鞋子没收拾，收完他们的鞋，又会觉得手上沾染着鞋气，只得再去洗手。

种种的繁琐变成积怨。

各种心软各种歉疚各种自怨自艾的情绪下，长笙重新拥抱了常霖，但回过神来看看被常霖弄得乱七八糟的家，又忍不住咬牙切齿。

这是一种什么生物，短短几天就能把优雅整洁的咖啡馆变成凌乱肮脏的小吃店。常霖出差了，长笙在家政阿姨的帮助下把家里重新规整打扫，又买来姜花和白色铃兰插在水晶花瓶里，才觉得怡然自得。

借由打扫的契机，长笙审视自己和常霖的生活，如果柴米油盐地住在一起，再添个小孩，不知道会变成什么样子，而且，有了孩子以后，常爸爸常妈妈难免会住过来帮忙，那种三代同堂的感觉，会让自己的生活发酵成什么呢？

店里没有客人，晓微正在跟她的老公打电话："你给我快点把钟点工搞定，我忙了一天回家还要伺候你，我又不是你们家的丫鬟。要么这样，我烧饭你洗碗，我洗衣服你拖地，家里的窗户我们分好，一人一半。你别跟我嬉皮笑脸，大不了离婚！"

晓微下完最后通牒，气呼呼地走进长笙的工作室。

自从结婚之后，晓微已经不知讲过几百次"大不了离婚"这句话了，当然她是不会离婚的，只不过是用这个句子来表示自己的情绪和事情的严重性而已。

晓微装作要帮长笙倒茶的样子，但倒好了茶却又不出去，站在她旁边整理桌子上的文件。

长笙看看她。

晓微讪讪地笑笑，跟老公发了一通火，想找一个人聊几句，就像某日醒得太早，想睡个回笼觉的那种感觉，可惜顾长笙不是那张床。

"去银行看看回单箱里有没有东西吧，如果你很空的话。回来的时候不用买盒饭了，中午请你吃饭。"长笙不再看她，淡淡地说。

"你请我吃饭？吃什么啊？有什么好事吗？"晓微是个天生包打听聊天机，任何事情都能让她抓住线索聊下去。

长笙指指门，不再开口，不然的话就别想画图了。

晓微捂住自己的嘴，乖乖走了出去，心里却想，这么铁骨铮铮的女人真是没有情趣。

中午，齐袂真的送来了便当。

紫菜饭团，凉拌菌菇，陈醋木耳，蒜泥西兰花。看似普通的几个菜在便当盒里摆得十分漂亮，晓微却很不领情地撅起了嘴："这是，庙里偷来的还是师兄你去化缘化来的？我们这里又没有唐僧，肉呢？你想饿死我们？"

齐袂笑笑，又拿出一只纸盒。

晓微很没见识地叫起来："好呀，是披萨？"

齐袂打开纸盒，里面是一个锡纸包，再打开锡纸包，是一只秀气的烤鸡，香气四溢。

他甚至还带来桌布刀叉和一只陶泥做的大盆。

晓微鼓掌大叫："太棒了，禽流感之后我都好久没有吃鸡了，外面的不敢吃，家里自己做，我跟我们家胖子谁都不愿意献身，齐师傅，还是你有奉献精神。"

长笙奇道："一只鸡跟奉献精神有什么关联吗？"

晓微像看外星人一样看她："你不看报纸不上网吗？这一期的禽流感加热是可以杀死的，但有几个接触过活禽的都已经一命呜呼了，你懂了吧，吃煮好的鸡是没问题的，但像齐袂这样接触过鸡的人却会有生命危险呢。哇，我真是太感动了。"

晓微说着动手就想去拿鸡腿，齐袂拦住她，让她站一旁等他布置餐桌。

他把两个便当盒摆好，再把陶泥的大盆放在桌子的正当中，然后小心地把烤鸡摆进去，又掏出几片薄荷叶布置在盆子里，看起来粗鄙的大盆一下子充满了田园气息。

然后他开始摆放刀叉。

晓微求饶道："大师，让我吃吧，我饿死了。"

齐袂这才让两人坐下，又拿出餐布递给她们，最后他取出两只漂亮的高脚水杯，为她们倒上自己带来的矿泉水。

晓微故作悄声地对长笙说："吃个便当烤鸡就这阵势，要是想浪漫一下吃个烛光晚餐呢，我就饿死算了。这个人，是不是有强迫症啊？"

齐袂严肃地说："我这是尊重食物，况且，这样优雅的就餐氛围，会影响你，你就会细嚼慢咽，这样对你的健康才有好处，不要轻视每一顿饭，从一粒种子到变成你盘子里的食物，多少人付出了努力呢。"

晓微被他的正义凛然给镇住了，立刻坐直一点身体，认真吃饭。

齐袂又说："你们先吃菌菇和蔬菜，然后吃饭团，半饱以后再吃鸡，现在鸡还很烫，没到吃的时候。"

晓微的手已经伸向了鸡腿，见齐袂看着他，觉得这位仁兄的脸色不善，不像常霖和自己的胖子那么好欺负，识时务者为俊杰，这句话晓微记得最清楚，她立刻缩回手开始消灭便当。

"好吃，这菌菇里面放了泡椒的汁水吗？好入味啊！这个紫菜饭团里居然有切碎的虾和玉米粒，我在外面从来没吃到过诶。"

晓微稍微安生了一下，又大着嗓门赞叹起来。

长笙看着齐袂无可奈何的表情，那脸上分明写着——食不言寝不语，可是这种无声的抗议对晓微是无用的，长笙忍俊不禁。

看着长笙的笑容，齐袂脸上的线条也变得柔和了，终于在晓微充满热情的夸赞中，齐袂也笑了起来。

"这就对了嘛，我外婆说了，不高兴的时候吃什么都不补的，吃饭嘛，开开心心讲讲笑笑，最有益健康。齐大师，你要不要来吃？"

"我吃过了，我的午饭时间不会超过十二点，这样才能保证晚饭时有胃口。晚饭必须在睡前五小时吃，这样不会造成肠胃的负担。"齐袂很认真地解释。

"哎哟，阿弥陀佛，算我没问，大师是按照标准程序运作的机器啊！"晓微毫不犹豫地嘲笑齐袂。

长笙教训晓微："一个人能遵守正确的标准，说明他有能力和毅力，你自己做不到不要笑话别人。"

"好吧，我闭嘴。不过，大师，这鸡我可以吃了吗？"

"我来帮你们分。吃饭的时候最好先吃蔬菜再吃米饭，最后吃肉，这是保持体型的关键，饿的时候就吃肉，不知不觉会吃进去超量的肉食，给身体造成严重的负担，还会发胖，所以刚才我会叫你等一等。"齐袂一边说着一边把鸡大卸八块。

晓微最听得进去关于减肥的知识，立刻像个好学的学生那样提问："那我少吃一点不就行了，不光是肉，米饭面条我也减少，不行啊？"

"吃得不够，你很快就会饿，就会去吃零食，摄取更多没有营养的能量，还不如吃饱一点，这样晚饭的时候没有很强的饥饿感，晚饭才能少吃一点。"

"有道理，难怪齐师傅你的体型如此轻盈。长笙姐，有了齐大师，咱们这辈子也不用减肥了，只要跟着他吃饭就好了。"

长笙忽然想起齐袂那天的话："我们可以天天都在一起吃饭。"

长笙忍不住微笑，这突如其来的笑容让晓微滔滔不绝的演讲刹住了车，她看着流露出不寻常温柔表情的女设计师，七窍玲珑的小心脏忽然明白了一件事情，顾长笙恋爱了！

尤其是联想到前几天长笙和齐袂闹别扭的那一段，晓微恍然大悟。

难道，就是在外婆家表白的？

外婆怎么没及时汇报呢？

那荒山野岭的，晚上完全没有娱乐，两人一起出去这么多天——晓微浮想联翩，连鸡腿也忘了吃。长笙奇怪地拍拍她的肩膀，晓微想得太入神了，居然被吓了一跳。

"你在想什么啊？"长笙问她。

晓微回过神来，愣愣地看着长笙，忽然问她："常大哥知道了吗？"

"知道什么？"

"你劈腿了啊！"晓微的话掷地有声，长笙和齐袂都愣住了。

这似乎的确是个不争的事实啊。

CHAPTER 15

小吃：随性的美味

地上的不锈钢大盆里整齐地泡着鸭血，粗粗滑滑的山芋粉丝泡在另一只大桶里。很快，两只红花瓷碗装着两份鸭血粉丝上桌了。热气腾腾的一碗，汤面上飘着香菜，白生生的鸭肠，暗红的鸭胗，暗褐色切得方方正正的鸭血。

"什么叫民间小吃？就是要在老百姓住的地方才能吃到嘛。中国有很多很多的民间小吃，在摊头上吃好吃得不得了，一请进大酒店，就不好吃了，像我们上海的小馄饨、生煎、阳春面都是这样。南京的这个鸭血粉丝也是的，小店里的都很好吃，你要是去大店里，就是不一样，差一点。

端着架子的不是过日子，为难自己的也不是爱情，两个人能如小吃一般随意相处的，才是缘分。

常霖在南京的行程不知为什么竟然一推再推，这对于齐袂和长笙来说是一种煎熬。

　　晓微的话点醒了他们，如果他们想要走下去，必须先要面对常霖。

　　长笙的心里更加纠结。

　　第一次逃婚，常霖收留了无处可去的她，虽然那房子是她和常霖一起买的，但如果常霖不肯原谅她，以长笙的个性，她是打算出走的。

　　但常霖守着本分和她同住，在齐袂不告而别之后，她极不冷静地重投常霖的怀抱，再次走到谈婚论嫁的阶段，这是一个严重的错误。

　　长笙不打算告诉齐袂自己和常霖的状态，她打算独自跟常霖解决问题，这样对常霖的伤害可能会小一些。

　　不管她和齐袂最终将走到哪一步，和常霖的关系都不应该再继续下去了。

　　经过和齐袂的发展，她意识到，她和常霖的爱绝不是可以长久的爱。

　　常霖一直在细心体贴她的一切，而她之所以会和常霖在一起，可能就是因为——容易。

　　常霖知道她的心思，会迁就她宽容她，所以和常霖在一起一点也不觉得辛苦，常霖就像一个听话的小孩，虽然会把家里弄得一塌糊涂，但他会看你的脸色。

　　长笙，是常霖的女王；常霖，是女王的奴仆。

　　她在他的面前，几乎没有悲喜，她以为这就是成年人的爱情，只要包容和宽厚，就能没有冲突地相守。

直到有一个人让她脸红心跳以及愤怒和迷惑，她知道，以前的那个人并没有真的住在她的心里，所以她才会逃婚。

在没有遇到对的那个人之前，容易的恋爱关系是最热门的，但当对的那个人出现，她愿意为难自己，甚至，听说他曾是黑社会，他有女儿，居然都能容得下。这种不计前嫌并不是因为她一贯豁达，而是她在意了。

多少男人出轨的时候冒着重重险阻，有血性的不乏净身出户，还有半辈子没做过家事的大老爷们会去为小三做饭洗衣端茶倒水，让家里那个半辈子把他照顾周全的女人气得吐血，都是因为他对她和她的不公平。

所以，如果你们是王和奴隶的关系，王不应该给奴仆不恰当的期望，因为，王随时会爱上别人，甚至放弃王的江山和地位。

现在，长笙女王准备解放自己的奴仆，让他自由，可是，人呢？

常霖的剧团同事已经回来了，因为演出季结束了。

可是常霖说他在南京还有必须要办的事情，回来再解释。

齐袂也在找阿难，阿难说她会和常霖一起回来，然后就挂了电话。

齐袂其实是在等常霖，他和长笙是一样的想法，想自己来面对常霖，告诉他，他对长笙的感觉。

虽然长笙一再告诫他，不要在自己之前跟常霖摊牌，但齐袂却没打算采纳顾长笙的建议。

这就是常霖和齐袂的不同。

换做常霖，只要长笙决定的事情，他从不反对。

可常霖也并不是一坨软柿子随别人捏和揉的，现在他正在派出所，因为打架被警察先生教育，而常霖在据理力争。

"你知道吗，这个小姑娘18岁都不到，爸爸也不在身边，他一个成年人玩弄人家感情，现在还出言不逊，这种人法律没办法惩罚他，难道我这个做叔叔的还不能教训教训他？我也不过打了他几拳，男人脸上打出团乌青算什么，我不觉得需要赔偿他。"

警察哭笑不得："我是在帮你，人是你打的，你赔他医药费天经地义吧，而且我调过监控了，只有你打他，他没打你，这不算正当防卫。"

"那我现在可不可以告他猥亵幼女？你们把他拘留起来，我立刻赔他医药费。"常霖义愤填膺。

"人家那是感情纠纷，人家小姑娘根本没有告他的意思，你这么咋咋呼呼，你到底是帮她还是害她？"

"我怎么是害她？"

"这种事情什么证据都没有，就算有也在台湾，我们怎么查？一般人遇上这种事情还不就自己咽下去算了，再说了你又不是她的监护人，你也没资格在这里强出头。"

正说着有人押着一个犯人进来，警察先生连忙跟进去，回身又跟常霖说："也就两百多块钱的诊费，我要是你赶快付了钱让台湾同胞走人，你也该忙什么忙什么去吧。"

隔着玻璃窗，常霖看见面色苍白浑身颤抖的阿难一个人瑟缩地坐在角落里，叹了口气，决定接受警察的建议。

事情很快处理完，一个戴着眼镜穿着白衬衣牛仔裤的男人带着另一个年轻女孩子走了出来，男人很不屑地看了阿难一眼，说："以后不要再说我认识你，我们两清了。"

"好了，你再不走是还想我再打你一顿？反正打一顿也就两百多，我打你个两千块的？"常霖咬牙切齿地说。

男人看了看常霖，有点怯场，拉着女朋友落荒而逃。

常霖走到阿难面前，不忿地说："就这种货色，值得你从台湾追到南京？好了，丢人现眼到家了，走吧。"

常霖拉着阿难，没想到阿难居然乖乖地跟着他走了出来。

常霖就这样自然而然地拉着她在路上一直走着，忽然阿难站下来说："我肚子饿了。"

常霖打开钱包看看，里面只有几十块钱，正好路边有一家鸭血粉丝店，常霖指指那里："要真饿了，就只有吃这个，剩下的钱只能坐公交车回宾馆。"

很小但还算干净的小店，一个精壮的小伙子一个人在店里忙碌，地上的不锈钢大盆里整齐地泡着鸭血，粗粗滑滑的山芋粉丝泡在另一只大桶里。

很快，两只红花瓷碗装着两份鸭血粉丝上桌了。阿难惊疑地看着面前这热气腾腾的一碗，汤面上飘着香菜，白生生的鸭肠，暗红的鸭胗，暗褐色切得方方正正的鸭血。

"不是有禽流感吗，能吃吗？"

"烧熟的你怕什么，你看那边人家大肚皮还吃呢。再说了，你不是说你不想活了吗？吃死不是很好？"常霖没好气地说。

阿难一脸豁出去的表情，点了点头，先喝了一口汤："哇噻，真鲜。"

"好吃吧，不吃鸭血粉丝怎么算到过南京？"

"以前我怎么从来没吃过，在酒店的菜谱上也没见到啊。"

"什么叫民间小吃？就是要在老百姓住的地方才能吃到嘛。你回去问问你爸就知道了，中国有很多很多的民间小吃，在摊头上吃好吃得不得了，一请进大酒店，就不好吃了，像我们上海的小馄饨、生煎、阳春面都是这样。南京的这个鸭血粉丝也是的，小店里的都很好吃，你要是去大店里，就是不一样，差一点。"

阿难头也不抬地吃着，对于常霖的大道理完全没有兴趣。

"这滑溜溜的是什么，面线吗？"

"棉线？什么棉线，这是山芋粉丝，用山芋的粉做的，又滑又弹，有一次我在一家大酒店吃饭，见有鸭血粉丝做主食，就点了一份，没想到是用那种白白细细的绿豆粉丝烧的，煞风景。"

阿难也不理他，只管自己吃，忽然她大叫起来："这鸭血好好吃，你看里面还有洞洞，汤都灌进去了。"

"有洞的才是鸭血，没有的那个就不知道是谁的血了。"

一碗鸭血粉丝，吃得两人心满意足，阿难决定和常霖走回宾馆，用剩下的钱一人买了一根最便宜的盐水冰棒边走边吃。

"你也不问问我跟他到底是怎么回事吗？"

"你喜欢他，什么都愿意给他，可他拿走了以后却不认账了，还搭上了别人，不就是小痞子欺骗无知少女的老段子嘛。这事不稀奇，你也别往心里去。"

阿难摇了摇头，拉常霖在马路边的花坛坐下来。

"我和他的事，我只跟你一个人讲这一次，之后我就把它从我的记忆中抹掉，你听过也忘掉，好吗？"

常霖点点头。

"我15岁认识他，在学校的歌唱比赛上，他一直是这种白衬衫牛仔裤的打扮，然后唱了一首刘文正的歌。你知道吗，我很喜欢刘文正，因为我外婆喜欢听他的歌，小时候我不睡觉，外婆就给我听他的磁带当摇篮曲，所以当有人唱这样的老歌参加比赛，我对他就有了亲切感。"

常霖叹了口气，没想到流行音乐这么害人。

"可他一直对我若即若离，有时候会跟我很亲近，有时又故意不理我。"

"这是吊小丫头的初级办法，也就小丫头会上当。"

"你好好听啦。16岁生日那天，我决定把我自己献给他来证明我的真诚。"

"上钩了吧，小姑娘，你知不知道这是很重要的事情，不能拿来开玩笑的？"

"不，他没有要我，相反他告诉我一个秘密，他说他爱男人，无法爱我，他也很痛苦。长达半年的时间里，我试了很多办法，可他就是不接受我，我真的绝望了，恨不得去做变性手术。你知道吧，这是我第一次那么想要一个人。"

"那只是因他不理你，你有逆反心理而已。"

"去年圣诞节，我把自己的长发剪掉，换上男人的衣服，我央求他，要把我当成男人，然后我们就在一起了。"

"后来呢？"

"整个春节，我都很开心，我甚至慢慢觉得，也许我就是个男人，可是他还是要跟我分手，他说他还是接受不了。如果一直没有得到他，我可能不会那么难过，可是得到了又失去，那我情愿去死。"

常霖叹了口气，忽然又疑惑地说："那你之前抓住他大叫说你骗我你骗我，那是什么意思？我以为他大欺小，对你始乱终弃，所以才对他动的手。"

"不，但他真的该打。我四处打听知道他来南京参加一个歌手选秀的海选，所以才特地瞒着我爸跟你到南京来，今天早上终于让我找到他，谁知道他不仅跟那个女的搂搂抱抱，而且居然跟我说，他从来就不是同性恋，之所以那样骗我只是怕我纠缠他。枉我为他把自己折腾得不男不女，原来他居然只是玩我的，你说我是不是够背的？"

常霖惊讶得说不出话来，那个男人看起来大概二十二三岁的样子，难道现在的人玩弄女孩子的手段已经这么有想象力了吗？不过这齐阿难也够死缠烂打，人家从一开始就找了理由拒绝她，可她不依不饶纠缠至今，也不过就是个畏畏缩缩没有血性的小男人而已，这值得吗？

更没想到的是，阿难轻松地从台阶上跳下来，愉快地说："太好了，这一段悲惨的往事总算结束了，我不过是被人耍了，他是个不值得我记住的人，现在我决定把我的头发留长。常叔叔，我们回宾馆拿钱，你带我去买假发和裙子好不好？我迫不及待想给我爸一个惊喜，呵呵呵，这一次我买一顶金黄色的假发好了，再买一副美瞳，绿色的怎么样？"

把马路上的格子砖当成跳房子的路径，阿难一蹦一跳地向前走，常霖正不知该如何劝解她，却发现她已经没心没肺地自己破了这个结，实在是佩服得五体投地。

按理，买完衣服两个人就该回上海了，为什么又拖期了呢？

在去商场买衣服的时候，阿难看见商场中庭正在举办歌手选秀，她一看，正是那死男人要参加的那个，于是她居然像打了鸡血一样执意要去参加，一首毫无准备的《兰花草》居然让她通过初赛。

看着阿难精神百倍的样子，常霖在心里叹了一声——这魔障还没有结束啊。

很快就要复赛，阿难拖着常霖不给他回家，常霖只能陪着她鬼混，没想到复赛她又过了，就这样进了决赛。决赛选手可以住集体宿舍，阿难就这样混了进去，留下常霖一个人回了上海。

长笙没想到第一次见到齐袂的女儿居然是在电视节目里，高挑修长的身材，巴掌脸，立体感很强的五官，小麦色皮肤，是个绝对的美人坯子。

"看来她遗传了她妈的基因，年轻的时候是个美女吧。"长笙问齐袂。

齐袂笑笑。

"好，看完这个节目，我就跟常霖摊牌，所以节目一结束你就回去，让我跟他谈。"长笙不容置疑地说。

"今天机会不合适，明天我会找他谈，好不好？"齐袂依然坚持自己的意见。

两人压低着声音讲话，常霖从卫生间出来，也看见了屏幕上的阿难，有种惊喜的感觉，这小丫头，镜头前落落大方，节奏感强，声音的辨识度高，真是一块璞玉啊。

常霖看得入神，根本没有在意长笙和齐袂的异样。

而这时，一件让他们三人都没有预计到的事情发生了。

CHAPTER [16]

尾　声

阿难唱的居然是一首常霖写的歌——《爱不离》。

齐袂也是第一次在电视上看见自己的女儿唱歌。

用惊艳来描述，不算过分。

长笙曾经在车里听过常霖版的这首歌，可是，如今在阿难的演绎下，更加荡气回肠。

这孩子，竟有这样的天赋。

她的妈妈又会是怎样的人？

在歌手和导师对话的阶段，阿难发表了一番惊人的言论。

"我今天唱的歌，就是我已经认定的导师写的，他的名字叫常霖，一度，我在感情上误入歧途，但认识他之后，我找到了人生的方向，你们四位都很优秀，但我已经决定一辈子追随他，今天我之所以参加这个比赛，就是为了在这么大的一个舞台上，当着上亿观众的面，表达我的心意。我爱上了他，决定开始新的人生！现在，请你们祝福我吧。"

留下目瞪口呆的四位评委，阿难嫣然一笑，向着镜头走了过来。

常霖吓得一屁股坐在了沙发上。

齐袂和长笙也完全忘了自己要说的话，阿难扔出的重磅炸弹把客厅里的三位叔叔阿姨给震晕了。

同时，门铃响了。齐袂第一个准备去开门，门已经自己开了。

阿难拿着钥匙得意洋洋地站在门口："我就知道门垫下面会有钥匙，拜托你们收起来，这太不安全了。"

说完她大喇喇地踢掉鞋走进来，一屁股坐在沙发上，又随手拿起沙发上的杯子喝了一口水。忽然她看见电视机开着，又兴奋地大叫起来："你们看了啊，我那段播过了吗？"

齐袂还没开口，常霖已经大叫起来："你说的是什么狗屁啊？我是有老婆的人，拜托你不要瞎说好不好？"

阿难看看常霖，又看看长笙，笑嘻嘻地说："你说这位阿姨啊？她不是跟你结婚的时候逃出来了吗？那你们的婚约就不成立了，我宣布你现在自由了，可以跟我走了。"

长笙的脸色一下子僵住了，阿姨？喊谁啊？

再一想，这是齐袂的女儿，还真是阿姨的辈分。

看看水灵灵亮晶晶的阿难，的确会让人气馁。

现在的孩子营养好，18岁的年纪该长的都已经长好了，透明的皮肤，耳边幼嫩的皮肤上细细的绒毛，看起来就像刚摘下来的无锡阳山水蜜桃那样的可口。

这样的孩子，给人晶莹剔透的感觉，如果我是男人，我会选谁呢？

长笙在那边开着小差，常霖却以为长笙是在生气。

"长笙，你听我解释，我真的跟她没什么哦。"

"常大哥为了我在南京还进了派出所，他真的太威武了，爸爸，你知道吗，以前我最崇拜你，现在你已经让位给常大哥了，在我心目中，他是一位有才华、有担当的骑士，你就把我交给他吧，好不好？"

阿难拉着齐袂的手，声情并茂地说。

齐袂对这个女儿完全没有办法，只能求助于常霖。

"常霖，这到底是怎么回事？"

"都怪你啦，那天硬要我带她去南京。开始的时候还好，她在剧组也很乖的，没有闯祸。剧组的人要走的那天，她说她还要在街上逛逛，我只好等她一天。结果我在逛街的时候遇见她和一个男人在吵架，她说他骗了她，哭得一把眼泪一把鼻涕的，那男人说的话也实在不中听，我也不重复了，我上前拉开他们，然后打了那台巴子几拳。"意识到齐袂也是所谓的台巴子，常霖改口说，"打了那混蛋几拳，没想到他的脸就青了，然后他身边的小姑娘就打电话报警了。"

"常大哥真的很威风诶，他打了那个死鬼。"

"什么死鬼？"齐袂制止女儿不文雅的用词。

"就是那个扮同性恋的家伙啊，原来他不是同性恋，你说我气不气？长笙阿姨，你看我，原来我的一头长发又直又黑，是他说喜欢男人我才剪成板寸的，就冲这一点，老爸，我叫你帮我杀了他，你肯不肯？"

齐袂的脸抽搐了一下，闷闷地说："这还不至于吧。"

"所以我说你现在没种了吧，以前人家看我妈一眼，你都会砍人，现在女儿给人家欺负了，你还在这里安安稳稳坐着。所以我想明白了，跟着你是没前途的，从现在开始我就要住在常大哥家，跟他一起生活了。"

阿难也不管大人们的脸色，自顾自噼里啪啦说了一通，然后就走进卫生间去了。

大家面面相觑。

卫生间里水声骤起，她居然是打算洗澡。

一秒钟后阿难又把头伸出来："长笙阿姨，拜托给我干毛巾。常大哥，你的睡衣睡裤借我哦，我喜欢穿你的衣服，那种感觉就好像你抱着我一样，呵呵呵。"说完她还娇羞地比了个鬼脸，又关上了门。

静寂的空间里，只有阿难一边洗澡一边唱歌的欢乐声音。

常霖石化了。

这个女孩子难道也是这样缠住上一个男人的吗？难怪那人情愿说自己是同性恋，最终连这样的杀手铜也完全没用了。

过了半晌，齐袂清了清嗓子准备说话，常霖像惊醒一样地回过神来，辩解说："齐师父，我真的没有抱过她，你的女儿你知道的，她太有想象力了。"

"我知道，这都怪我，她一直跟外婆一起生活，她外婆什么都顺着她，但就是有一点，不让她跟男人接触。主要是怕她跟她妈一样不到20岁就被人骗了。"

"你到底是怎么会有一个这么大的女儿的？"常霖问出了长笙想问而

不好意思问的问题。

"那时候我 18 岁，在歌厅遇见她妈，有男人调戏她，我就帮她出头，然后我们就在一起了，然后就有了小孩，她没了工作，我也只是个小混混，后来有人看上她资助她开店，我就离开了。"齐袂淡淡地说。

"那她妈现在呢？"

"据说最近又嫁了一个马来西亚的商人，去那边了。前些时候阿难外婆打电话给我，说她一定要到大陆来，我只能赶回去把她接过来。这孩子从小被惯坏了，只要是她想要的，一定要想办法弄到手，我是一贯管不了她的。不过她在南京的吃住开销我会负责的。"齐袂诚恳地说。

常霖很不悦："爸爸不是负责给钱的，你女儿现在这样明摆着是有心理问题，你这个做爸爸的要多关心她，了解她的需求，不然你怎么配做爸爸？"

关键时候，常霖的道理还真是犀利啊。

齐袂看看长笙，叹了口气："我这个人除了会做菜，别的什么都不会，也没有念过很多书，太高深的道理我也讲不出来，所以，说实话，我真的不知道该怎么做才对啊。"

"我想，她只是希望有一个属于自己的家，有自己的爸爸妈妈，有人关心她而已。"长笙轻轻地说。

"对嘛，你看我们长笙说得多有道理，你应该带她回家，陪她做她想去做的事情。然后，她还这么小，是不是应该上个学？"

"她不喜欢读书。"

"那就学一样她喜欢的东西好了，十几岁就在社会上混，不出事才怪，你等着明年做外公吧。"常霖说得义愤填膺，不知为什么，一说到阿难的事情，他就滔滔不绝灵感不断。

忽然一个光溜溜的东西跳进了他的怀里，把常霖吓了一跳。

细看之下，居然是洗好了澡的阿难一丝不挂地挂在了他的身上。

常霖吓得连忙把她像炸药包一样推开。

阿难高兴地说："常大哥，没想到你这么关心我，太好了，你想让我爸明年做外公？那我们一起努力吧！"

常霖的脸腾地红了起来。

齐袂也吃惊不小，小时候他几乎没有照顾过阿难，所以更没有见过她的裸体，就算是自己的女儿，这样冷不丁赤裸裸地出现在眼前，实在让人震惊。

长笙连忙拿出自己的浴袍把阿难裹住。

又取出一块干毛巾帮她擦干头发。

阿难的头发在洗过之后变得十分凌乱，看起来让人心酸，这小姑娘，用尽全身的力气想要抓住一个不值得抓住的人，在她最好的年华，却品尝着内心深深的孤独。

长笙轻轻地叹了口气。

为什么总有那么多生命在毫无准备的情况下来到这个世界上，而创造了他们的人，却一点也不珍惜和他们相处的时间？

18岁的孩子，人生中有多少天是和自己的父母在一起简简单单开开心心地度过的呢？

长笙记得自己到常霖家去吃饭的时候，常妈妈慈爱地说："我们家常霖3岁的时候，喜欢钻在我的裙子底下，然后哀哀地哭，我问他哭什么，他说他不要长大，只想做小毛头。其实，他只是不愿意去幼儿园。"

那样的场景让人心动。

孩子在父母的庇佑下长大，是多么幸福的事情啊。

可坐在这客厅里的四个人，却只有常霖一个，拥有这种普通的幸福。

齐袂的父母因为贫困只能花更多时间去工作。

长笙的父母因为对金钱的欲望而失去了生命。

阿难的父母因为缺乏责任感而冷落了孩子。

难道，这世界上，自己的孩子不是最宝贵的吗？

不管父母如何成功，孩子要的不过是妈妈的睡前故事和爸爸在下班后跟自己的游戏时间而已啊。

长笙的感伤，只是一闪念间，阿难的下一句话，更是让这个夜晚变成常霖人生的崩溃之夜。

"长笙阿姨，你的气味跟我外婆很像呢，如果你跟我爸结婚的话，我可不可以跟你们一起住啊，一直住到我嫁给常大哥的那一天？"

为什么我们总喜欢和别人分享我们的秘密？

齐袂是什么时候跟阿难交待了自己的感情？

常霖自然是更不相信自己的耳朵。

"你说什么？"

"你不知道吗？长笙阿姨跟我爸在谈恋爱。"阿难咬住自己的手，做出惊恐的表情，"哦，天哪，你是不知道的吗？"

常霖面如土色，这个晚上他受的惊吓太多了。

"你别瞎说！我去南京前还打算跟长笙去登记的，她怎么会和你爸谈恋爱？"常霖理直气壮地说，但看着长笙紧张的表情，他有点吃不准了。

"长笙，你从外面旅游回来，你说你对不起我，然后我们就和好了，对不对？这不是我一个人在自作多情，对不对？"

"不，常霖，我——我只能说，对不起，那天晚上是我错了，我弄错了。"一切突如其来，不是长笙想要的局面，但她也不能否认阿难的话。

"这还不懂吗？我爸和长笙阿姨在庆元玩，我要到大陆来，我爸急着赶回去，一时之间又不知怎么跟长笙阿姨解释我的存在，所以就决定等等再说。但长笙阿姨生气了，就决定不甩我爸了，你嘛，就是个大备胎！"阿难没心没肺笑嘻嘻的，但一针见血。

"你说一个人出去散心，其实那半个多月你们两个在一起？"常霖抓住长笙痛苦地质问她。

长笙只能点头。

"这怎么可能，你怎么可能因为他不要我？"

"不，有没有齐袂，我们都不可能。上一次决定不结婚的时候，我的心里就隐隐有一种说不清的担忧，后来我渐渐明白，今天看见你和阿难在一起，我终于懂了。常霖，在我面前，你是没有脾气没有性格的，我说什么你都答应，所以跟你在一起，我也不会不开心，你顺着我，这有什么不好呢？可是，今天我看见了真实的你，你会对着阿难大吼大叫，你会发火，这才是你，在别人面前，你轻松地做着你自己，在我面前，你却在辛苦地压抑自己。"

"胡说！我是因为爱你，所以才会觉得你说的都是对的，我是因为爱你，所以才会无条件地原谅你。"

"是，你爱我，但我只是喜欢你，这还不够在一起一辈子，我以为只要接受你的爱，就会幸福，但现在我发现，我也希望忘掉自己去爱一个人，无条件地接受他的一切，而这样的人，以前我没有遇到过，现在我在试着找到这个人。"

常霖几乎要发疯了，他跳到齐袂面前，指着他说："是他吗？他就是你那个可以无条件接受的人？我有哪里不如他，我改啊，你说，说出来！"

"常大哥，你不要这样，我看着真的好心疼，他们不要你，我要你，好不好？"阿难知道自己闯了祸，可怜巴巴地拉住常霖因为激动而不停挥舞的手。

常霖挥掉她的手，气愤地说："你真是扫把星，你一出现，把一切都给搞砸了，我那天打人真的是打错了，那个男人没有玩弄你，我现在也算是看明白了，是你一直在玩他，把他逼得无路可逃，只能作践自己，说自己是同性恋，你是个眼里只有自己的贱女人！"

齐袂走过来，忍无可忍地说："她还是个小孩，你怎么能这么说她？"

常霖急红了眼，把齐袂一把推开，气愤地说："你这个黑社会，你也不是好东西，你现在算是浪子回头金不换了？我尊敬你相信你，把你当成最好的朋友，可你却抢走我最爱的女人！"

常霖一把揪住齐袂的领口，就要打他，齐袂也不动，准备受他这一拳，但常霖还是放下了拳头。

他歇斯底里地大叫一声，也不穿鞋，就奔了出去。

长笙连忙站起来："我去追他！"

齐袂和阿难也要追出去，长笙指了指阿难："你这样不能出去，你看家。"

长笙麻利地换上鞋子，追着常霖跑了出去。

长笙追到楼下，正看见常霖的背影，长笙大叫："常霖，你等等我！"

常霖一愣，回头一看，看见刺目的灯光，他连忙向长笙挥手。

长笙还以为常霖在回应她，连忙追上去。

常霖愣住了，他只看见一辆越野车飞速地疾驰而来。

然后一条黑影冲过来，抱住了长笙。

车子减速，发出刺耳的刹车声。

长笙完全不知道发生了什么，就被巨大的冲力撞进了无边的黑暗。

人生中的各种瞬间在不断闪现，黑暗中有一道温暖的光照在长笙的身上。

长笙看清楚了，光里是妈妈的身影。

"妈妈，你是来带我走的吗？"长笙开心地迎上去。

"不，囡囡，妈妈是来跟你道别的，我走的时候太匆忙了，没来得及跟你打招呼，你爸也来了，他不好意思见你。他说他对不起你，希望你不要记恨他。"

"妈妈，那你恨爸爸吗？"

"也恨也不恨，没有他，怎么会有你呢？不是他，你又怎么会走到这里来？不过那些都过去了，你自己好好过日子吧。"妈妈慈爱地说。

长笙上前紧紧地抓住妈妈的手，依依不舍地说："妈妈，你们把我也带走吧，我一个人真的好怕啊。"

"囡囡，别说傻话，你活着就是我们活着，而且，有人在等你，去吧！"

妈妈用力地把长笙一推，长笙大叫起来："妈妈！"

答应她的却是阿难的声音："长笙阿姨，快醒醒，快醒醒。"

长笙睁开眼睛，看见的是阿难青春无敌的面孔，她正焦急地看着长笙。

"哇噻，太棒了，你醒了！我去找爸爸。常大哥，常大哥，长笙阿姨醒了。"

　　这家伙，还是无轨电车啊，到底是去找谁？

　　长笙笑了笑，忽然又觉得累。

　　齐袂进来的时候，长笙又睡着了。

　　齐袂的一只手和一条腿包裹在纱布里，他也被车撞了吗？

　　常霖也走了进来。他看见长笙是睡着的，拍了一下跟在他后面的阿难的头。

　　"哪里醒了，不是还睡着了吗？"

　　阿难委屈地说："刚刚是睁开过眼睛的。再说了，医生说她也就是轻微的脑震荡，怎么会这么久不醒呢？"

　　常霖捂住她的嘴，抱怨道："拜托你不要这么吵。"

　　"奇怪，把她吵醒不是很好嘛，你不希望她醒过来？我知道你，如果他们两个结了婚，你又跟我结了婚，以后你再见到我爸和长笙阿姨，就要叫爸爸和妈妈了，所以你情愿她就这么睡着不要醒过来，对不对？可怜的常大哥，长笙阿姨一直不醒，是不是你趁我们不在的时候给她下过药？你告诉我，反正我不会去揭发你的，我跟你是一条心的。"

　　这么吵，长笙想睡也睡不着了，她只能睁开眼睛坐了起来。

　　然后她看见了像木乃伊一样的齐袂。

　　"你这是？"电光石火间，撞车时的情景重新回到了长笙的脑海里。

　　是齐袂用身体做了她的气囊，帮她挡住了车子的撞击。

　　原来，这就是同生共死。

　　齐袂尴尬地说："年纪大了，身手不行了，要是年轻十岁，我就能全身而退了。"

　　长笙点了点他的手，问他："那你以后还能不能做饭？"

　　"干什么？"

　　"不是说我们要天天一起吃饭的嘛，我可是不会做饭的，如果你也不能做饭，我们喝西北风啊？"

图书在版编目(CIP)数据

爱情厨男/吕玫著.—上海:上海人民出版社，
2013
ISBN 978-7-208-11497-5

Ⅰ.①爱… Ⅱ.①吕… Ⅲ.①长篇小说-中国-当代
Ⅳ.①I247.5

中国版本图书馆 CIP 数据核字(2013)第 146124 号

世纪文睿出品
Century Literature

出品人 邵 敏
责任编辑 邵 敏 陈 蔡
封面装帧 克里斯

爱情厨男

吕玫 著

世纪出版集团
上海人民出版社出版
(200001 上海福建中路 193 号 www.ewen.cc)
世纪出版集团发行中心发行
上海市北(集团)印刷有限公司印刷
开本 890×1240 1/32 印张 5.75 字数 160 千
2013 年 8 月第 1 版 2013 年 8 月第 1 次印刷
ISBN 978-7-208-11497-5/I·1152
定价 20.00 元

EASTCHA
逸茶雅集

让爱情更有味
让茶融入生活

欲知更多详情，请关注